Het leven van de
de Terán (Lond
haar enorme r
zestiende met e
met hem en zijn
Europa. Daar
echtgenoot en dochtertje op een suikerplantage
in Venezuela. Na haar scheiding leefde ze onder
meer in Italië en in Schotland, waar ze tijdens
haar tweede huwelijk met haar echtgenoot
George MacBeth woonde.

Over haar romantische en veelbewogen leven schreef ze *Op doorreis – Belevenissen van een treinverslaafde* (1992) en *Een huis in Italië – De vele seizoenen van een villa in Umbrië* (1995).

Van Lisa St Aubin de Terán verschenen eveneens de romans *Rosalind* (1986), *Joanna* (1991), *De stoptrein naar Milaan* (1993), *Hoeders van het huis* (1996) en *Het paleis* (1997).

Met haar derde echtgenoot, de Schotse schilder Robbie Duff Scott, en haar twee kinderen woont Lisa St Aubin de Terán momenteel in een palazzo in Umbrië, Italië.

Lisa St Aubin de Terán

Rosalind

Vertaald door Ellen Beek en Aad Nuis

Rainbow Pocketboeken
Meulenhoff Amsterdam

Rainbow Pocketboeken ® worden uitgegeven door
Uitgeverij Maarten Muntinga bv, Amsterdam

Uitgave in samenwerking met
uitgeverij J. M. Meulenhoff bv, Amsterdam

Oorspronkelijke titel: *The Bay of Silence*

Eerste druk 1994, tweede druk 1997
Omslagontwerp: Mariska Cock
Foto voorzijde omslag: David Hamilton
Foto achterzijde omslag: Robert Barber
Typografische verzorging: Studio Cursief, Amsterdam
Zetwerk: Stand By, Nieuwegein
Druk: Ebner Ulm
Uitgave in Rainbow Pocketboeken maart 1997

ISBN 90 417 1048 5 NUGI 301

Voor George MacBeth

Inhoud

I *William*

In Genua noemen ze haar de plaats met de twee gezichten. Men is op zijn hoede voor de mensen die er wonen. Ze slingert zich langs een kleine kaap en laat zich dan aan beide kanten naar zee zakken. Aan één kant van het schiereiland sluit een wijde baai van zwart zand, omzoomd door cipressen en palmen aan op de tunnels voor de weg en de spoorbaan die zich door de rotsen boren. Dit is de baai die Hans Christiaan Andersen de Sprookjesbaai noemde. Aan de andere kant loopt een reeks hellende straatjes van de smalle hoofdstraat naar een boog villa's, waarvan de achtergevels met hun verbleekte pleisterwerk oprijzen uit het fijne, gele zand van de Stiltebaai. Boven die geheimzinnig rustige baai ligt een kapucijner klooster weggedoken, waarvan de tuinen met hun balustrades tegen de steile, beboste hellingen van het vasteland opklimmen. Het lijkt of de tijd hier stilstaat; afgezien van de duiven die rondscharrelen op het strand is het er meestal verlaten. Dit zijn de twee gezichten van Sestri Levante, waar de rijke Genuezen al komen vanaf de tijd dat het een gewoon vissersdorp was dat zowel door de opgaande als de ondergaande zon in een gouden gloed werd gezet.

Voor het eerst kwamen we hier op onze huwelijksreis, dertien jaar geleden. Het was toen jouw keuze, maar ik heb er nooit spijt van gehad. Nu was ik het die me de plaats herinnerde en je hier terugbracht, in dit vreemde toevluchtsoord aan de Italiaanse Rivièra. We praten bijna nooit over onze huwelijksreis, misschien is dat normaal, misschien doen andere paren dat ook niet, maar er was zelfs toen al een eerste teken dat er iets mis was, en soms was het veel meer dan een teken. Jij was twintig en betoverend, met al vijf jaar grote films achter je. Ik was maar een gewone, onbekende grafisch ontwerper.

Ik heb nooit geweten waarom je mij koos en vasthield, en mij vulde en leegde tot we werden wat we nu zijn: twee mensen die de wereld voor elkaar verbergen. Ik ben door mijn paranoia hierheen gedreven, door die langzame ontzetting over wat er gebeuren zal met jou, met mij, met de meisjes, als iemand ontdekt hoe het gegaan is met Amadeo, onze dode baby. Ik mis hem, Rosalind, en ik huiver als ik terugdenk aan wat er is gebeurd op dat andere strand, in Frankrijk. Daarom zit ik hier in Sestri Levante te proberen erachter te komen wat we verkeerd hebben gedaan. En ik kijk naar jou, Rosalind, zoals jij naar de zee kijkt en dat maakt me bang.

Vroeger was het vooral mijn vader die me bang maakte – dominee Walsh van het drassige land van Norfolk. Hij zou me nu zeker geraden hebben te beginnen bij het begin. Hij was een man die nooit last had van twijfel, niet over zichzelf en niet over anderen. Hij wist wat goed was en wat verkeerd, waar een begin begon en waar een verhaal afgelopen moest zijn. Als hij me zo bezig kon zien met het reconstrueren van dit verhaal van twee mensen, dat wil zeggen van jou, Rosalind, en van mij, dan zou hij me zeggen dat ik moest beginnen met ons beider kinderjaren en van daaruit verder gaan. Maar teruggaan, in mijn geval naar die sombere pastorie en de onverzoenlijke glimlachjes van mijn moeder, zou voorbarig zijn. En in jouw geval zou het te vroeg zijn om terug te gaan naar de dag dat ze je, elf jaar oud, in bed aantroffen met je oom Bertie. Ik wil beginnen met wat ik weet, niet met wat jouw ouders of de mijne me hebben verteld. Er is tijd genoeg voor alles wat we horen te weten, later.

Ik begin dus met Sestri Levante, met onze wittebroodsweken in Hotel Paradiso, met de tijd waarvan jij zei dat het de gelukkigste van je leven was. Als je me zou vragen waarom ik zo nodig de bijzonderheden moet ophalen van die voorbije jaren, kan ik alleen maar zeggen dat ik de andere kant van je wil bereiken – er deel van wil uitmaken, die mijmeringen van je doorbreken of er tenminste in doordringen – en verder neem ik aan dat ik gewoon van je hou. Als ik hier niet zat te praten tegen de schemering en de lome golfjes die tegen de sinaaskartonnetjes aan de oever spoelen, maar jij hier naast me zat op deze lattenbank, zou ik me rustiger voelen. Ik voel me altijd een stuk beter als je lichamelijk in de buurt bent. Ik kan me zelfs niet echt ongerust maken als jij bij me bent. Jij vindt het zo vervelend, dat gepraat over liefde. Maar er is nogal wat tegenwoordig wat jij vervelend vindt.

Ik herinner me dat we hier de eerste keer met de auto kwamen. Ik had hem gehuurd op het haveloze vliegveld van Genua en was het kleine stukje langs de kust gereden, via Rapallo en Chiavari door de tunnel naar het schiereiland van Sestri. Toen ik daar aankwam was ik een wrak. Alles wat ik ooit gehoord had over het autorijden van Italianen was te zwak uitgedrukt. Ik besefte, terwijl we ons erdoorheen sloegen tussen afgrond en rotswand, slingerend met wat geïnspireerde wanhoop bleek, dat er vormen van rijkrankzinnigheid bestaan waar eenvoudig geen woorden voor zijn. Jij zei dat het net een film was, een oude, niet zo een waar jij in gespeeld had. Voor mij leek het op alle vreselijke rondjes in de ergste kermisattracties waar ik ooit in had gezeten en uit een zeker masochisme waren dat er heel wat geweest. Er zat een steen onder in mijn maag, daar in die groene cabriolet. De helft van de tijd was ik me niet eens bewust van de auto, alleen van de afgrond en van mijn zenuwen en van dingen die met ongelooflijke snelheden uit slecht verlichte tunnels op ons afkwamen. Ik nam mij voor nooit meer auto te rijden, in ieder geval niet aan de Rivièra. Toen ik later in Londen met eentonige regelmaat bus 24 nam van South End Green naar West End en onze auto stof en kauwgom liet vergaren aan de rand van de stoep, had dat misschien iets te maken met die dolle rit van ons. In mijn herinnering weigerden de remmen, sneuvelden kippen en honden en moest ik racen om in leven te blijven. Ik weet niet waarom ik zo hard reed, misschien was het een soort besmettelijke waanzin, een voorproefje van die mediterrane hysterie waar je zoveel van hoort of gewoon misplaatst haantjesgedrag. Hoe dat zij, we haalden het en zagen toe op het uitladen van onze bagage: mijn ene koffer en jouw verzameling bij elkaar passende lederwaren. Ook toen al reisde je met een heel gevolg van voorwerpen, alsof er veiligheid school in aantallen, het gaf niet van wat: koffers, vrienden, minnaars.

Ik kan me onze aankomst in het hotel minder duidelijk voor de geest halen dan alles wat daarna gebeurde, misschien omdat alleen dat moment door niets verontrustends werd aangetast. Of misschien kwam het gewoon doordat mijn benen nog trilden van de rit. Milton, jouw agent, beweert dat ik dol ben op zelfkastijding en in sommige opzichten is dat ook zo, daar heeft mijn moeder wel voor gezorgd, maar een mens heeft zijn beperkingen, zelfs in het najagen van nostalgie. Daarom logeren we deze keer niet in Paradiso, maar direct aan de Stiltebaai. Ik heb erover gedacht om een kijkje te gaan nemen in ons oude hotel, dat maar een klein eindje lopen bij ons vandaan ligt. Op mijn Sestri-ronde, over de Corso Colombo met zijn vreemde bochten en winkeltjes, kom ik er elke dag langs. Dan maak ik een scherpe bocht naar de donkere naaldbomen van de piazza, toon slechts vluchtig respect voor de boulevard bij het grotere strand en keer dan weer terug naar de andere kant en onze baai. Toch krijg ik, als ik het terras en de hoofdingang van Paradiso passeer, bijna een gevoel van heiligschennis. Als ik mijn gedachten de vrije loop laat, verbeeld ik me dat er lang verdwenen vuile onderbroekjes uit kasten die ik daar opentrek zullen vallen en dat er verdwaalde, onverklaarbare voeten achter deuren vandaan zullen stappen. Maar ik heb mezelf er al weken geleden van overtuigd dat het de emotionele moeite niet waard was om weer naar binnen te gaan, en dus heb ik het niet gedaan. Maar ik kan me niet voorstellen dat het echt veranderd zou zijn, daar de wensfontein er nog steeds voor de deur staat en de kerkklokken van de overkant nog even onophoudelijk luiden. Ik zie dat het groepje oude mannen, alsof het er is neergezet door de Italiaanse vvv, nog steeds laat in de middag visnetten zit te boeten in de ondergaande zon, waarbij hun knokige handen de netten naar de stenen fontein trekken. Zelfs zonder zulke taferelen is één middag in Sestri Levante genoeg om het dubbele karakter van de plaats te ontdekken: het rug aan rug liggen van het modieuze en het oeroude, van rijkdom en armoede, van ritueel en decadentie. Sestri Levante gedijt door haar tweeslachtigheid en ieder die er komt, hoezeer ook gekweld door eigen aard, zal kalmeren door die klinkklare schizofrenie.

Het klinkt misschien naïef als ik het nu zeg, maar ik wist niet dat je schizofreen was toen ik met je trouwde. Ik zeg er meteen bij dat ik niet minder van je zou hebben gehouden als ik het wel geweten had; het is alleen plezierig om dingen te weten. Het is geruststellend denk ik, zoals weten dat het leven eindig is, of het krijgen van de uitslag van een examen. Ik kon wel zien dat je anders was, maar daar was ook niet bepaald een doctorsgraad voor nodig. Je was mooi, vreemd, dromerig en in jezelf gekeerd. Ik vond je geweldig – dat vind ik nog steeds, en nu ik weet dat er twee zijn in jou, bezorgt geen van de twee me zoveel verbijstering en verdriet als jij vroeger deed.

Het is me wel overkomen dat iemand naast me aan een diner maar doorkletste zonder slot of zin, zodat een gevoel van hopeloosheid me alle eetlust benam. Ik heb waargenomen, op mijn amateuristische manier, dat zo'n lastige prater zelf pas aanzienlijk later of helemaal niet merkt hoe vervelend hij is. Ik denk dat ik nu ook zo aan de gang ben.

De zee begint weer ruw te worden vanavond. Elke keer dat ik mij een beeld van Hotel Paradiso voor ogen probeer te halen dat precies genoeg is om het te beschrijven, zie ik jou, Rosalind, met je prerafaëlitische, rossige haar. Je vond het nooit prettig om blond te worden genoemd. Ik weet nog hoe je elke verslaggever neersabelde die jou beschreef als 'een blondje'. Ik hou die drang om je te zien, telkens opnieuw. Vroeger zei ik tegen mezelf dat ik zoveel mogelijk moest profiteren, wellicht een goede raad als je jong bent, dat het daarna allemaal wel rustiger zou worden. Het wordt niet rustig, het wordt eerder erger, maar soms is er even een windstilte, kort weliswaar, maar toch. Ik wens mezelf dan geluk met mijn nieuw gevonden vrijheid, stop mijn op drift geraakte emoties terug in hun sigarettendoosje en beloof mezelf een beter mens te worden. En dan... weer terug in de idiotie en de jongelingspaniek en de puberwanhoop. Het laat allemaal maar zien dat dit een hondenleven is: eten, slapen, liefhebben.

Nadat we die eerste avond waren aangekomen en een vluchtig begin hadden gemaakt met het inrichten van onze kamer – we zouden zes weken blijven – hielden we een late siësta. We hadden een kamer met ramen aan twee kanten. We waren toen geen van beiden nieuwelingen in het liefdesspel; ik vlei me met de gedachte dat ik veel meer minnaressen had gehad dan jij minnaars, om de gemiste liefde van mijn kindertijd goed te maken waarschijnlijk. Ik bedoel dat niet verkeerd, gezien wat er in de jouwe gebeurde, ik wil alleen maar zeggen dat ik thuis nooit enige echte liefde of lichamelijk contact had meegemaakt. Mijn moeder omschreef seks (en dat alleen als het echt niet te vermijden was) als 'die dingen' en ze vond ze uiterst onsmakelijk. Ze zag ook kans om zoenen, knuffelen en elkaars hand vasthouden onder die algemene aanduiding 'dat soort dingen' te brengen. Dat deden we thuis dus nooit. Nooit werd er in de pastorie over haar geaaid of een arm aangeraakt. Later, toen ik ontsnapt was naar Londen, de stad van de zonde zelf, ontdekte ik mijn eigen sensualiteit. Uiteindelijk, op mijn door de wol geverfde zesentwintigste, vond ik jou, mijn volmaakte partner. Ofschoon ik veel meer ervaring had dan jij toen we elkaar ontmoetten, weet ik dat je me na ons trouwen hebt ingehaald, en waarschijnlijk mijn vrijgezellenscore ver hebt overtroffen. Maar als ik mijn ogen dichtdoe, Rosalind, en getallen plotseling hun betekenis voor mij verliezen, ben je nog steeds de mijne, en zo mag ik je soms graag zien, vanuit het gevoel dat wat je míj geeft, niemand anders geeft.

In de eerste tijd, gedurende onze korte verloving en op de huwelijksreis, dacht ik dat je me alles gaf. Je keek zo gelukkig, ik voelde me zo goed, ik bracht meer uren met je in bed door dan mogelijk zou zijn geweest voor iemand met een vaste baan (ik was toen al freelancer). Die dag in Italië na die zelfmoordrit begon er iets heel bijzonders, eerst de uren dat we lagen te vrijen, toen het overdonderende gebeier van de kerkklokken aan de overkant, waar je zo van schrok dat je bijna uit bed viel. Het was zeven uur. We wisten toen niet wat dat gebeier te betekenen had, alleen maar dat de klokken galmden en weergalmden zodat de luiken rammelden en de muren trilden alsof er in onze kamer een aardbeving ophanden was. Ze hingen maar een paar meter bij ons vandaan en gingen in hun massieve toren meedogenloos tekeer tegen de mensen van dat stadje, die er allang niet meer van ophoorden. Er zat iets vreselijk dreigends in dat geluid. Later dachten we dat het misschien het oude Sestri was, dat vanuit de beklaagdenbank in beroep ging bij het nieuwe. Of misschien was het de doodsklok van de oude stad, die de nieuwe opriep tot rouw en steeds luider ging slaan omdat die uitbleef, zo luid dat het geluid op zichzelf een klaaglied kon zijn voor een rotsachtig uitsteeksel in zee met een kerk en een kasteel en een karakterprobleem.

Het was al donker toen we naar buiten gingen, het was maart en de dagen waren kort. Er lag een glans op je gezicht en een soort ingekeerde glimlach. Op het witte doek heeft de camera maar heel zelden die speciale glimlach van jou gevangen, en nooit helemaal. In weerwil van je succes hebben ze je ware talent nooit helemaal kunnen bepalen of uitzuiveren. Het was of de wereld jouw decor was, of er niets te snijden en te lassen viel, of zich alleen maar een levend kunstwerk ontplooide, los van alle hindernissen van de realiteit. Zo was het die eerste avond, toen we over de platte keitjes van de straat naar de opening tussen de muren liepen waarlangs je kon afdalen naar de Stiltebaai. De kerkklokken luidden niet meer, maar ze hadden in hun kielzog een sfeer van religiositeit achtergelaten. Het was net als in de kerk van mijn vader, wanneer de dienst voorbij was en het kerkvolk vertrokken. Vaak verstopte ik me dan en stond op mijn eentje onder de balken uit de twaalfde eeuw die zich welfden naar de stenen wand. Ik had dan het gevoel dat daarboven ergens een geest was, als ik maar door de schijnheiligheid en de huichelarij en de zuinige lippendienst zou kunnen heen breken.

We liepen het korte stukje door de zanderige steeg tussen het stadje en het verborgen strand en stonden toen op het zand, uitkijkend op een haventje waarvan de ingang met rotsblokken was versterkt. Aan de drie zijden ervan verhieven zich sierlijk bepleisterde villa's, die er zelfs in hun staat van licht verval nobel uitzagen. Er waren wat vissersboten op het strand getrokken; een enkele dobberde nog op het ondiepe water. Elektrisch licht uit een paar huizen en de boog spaarzame straatlantaarns langs de heuvel verstoorden de natuurlijke schaduwen van de maan op het water. Ze leken zich te richten op één punt, als een schijnwerper op de prima donna, op een plek in het water waar zich een gouden schittering vertoonde. We stonden te staren en toen onze ogen aan het donker gewend waren, zag ik wat jij kennelijk al eerder had gezien – een jongen met ogen die mooier waren dan mogelijk leek. Hij was mooier dan jij zelfs. Hij leek heel onwerkelijk zoals hij daar als een Christusfiguur op zijn smalle bootje op het water stond en terugstaarde.

Als ik 'Christusfiguur' zeg, bedoel ik dat het leek of hij op de golven stond, en ook dat hij macht had over ons, over jou. Hij leek helemaal niet op de man van de plaatjes en boeken en traktaatjes die op mijn zondagsschool werden uitgedeeld. Hoewel ik hem een jongen noem, was hij waarschijnlijk maar iets jonger dan ik. Hij bleek Angelo te heten, wat me een beetje irriteerde, moet ik bekennen. Jij beschouwde het als een rechtstreekse bevestiging van zijn goddelijkheid.

Ik heb me vaak afgevraagd of je net zo betoverd zou zijn geweest als de naam van je engel niet Angelo was geweest, maar Reinaldo of Umberto of iets wat nog minder mystiek klonk. Er is iets heel vreemds aan de hand met namen. Neem bijvoorbeeld William. Een jongen die tot de verarmde periferie van de Engelse hogere klassen behoort kan waarschijnlijk nog beter Annie heten dan William. Ik weet natuurlijk dat dat een prachtige naam is, met ere en trots gedragen door koningen en krijgshelden sedert de vroegste tijden. Maar in een land waarin elk beestje bij zijn naam wordt genoemd en een pik een willie heet, is de seksuele bijklank van die naam nooit ver weg. En nergens was hij meer nabij dan in Waddesford Manor, een particuliere kostschool voor zonen van geestelijken.

Leven werd daar een kwestie van overleven. Op mijn dertiende leerde ik drie belangrijke nieuwe dingen. In de eerste plaats leerde ik dat alles altijd nog erger kon dan je gedacht had. Ik dacht dat mijn ouders de meest bekrompen, strenge en ouderwetse overblijfselen waren van de hele Engelse kerk. Ik had het mis. Er waren jongens uit gezinnen waarbij onze ascetische pastorie afstak als een pretpark. Verder ontdekte ik in die traumatische hoge gangen dat thuis toch altijd nog thuis was, hoe vreselijk ook, omdat het de getto-achtige veiligheid bood van het vertrouwde. Tenslotte ontdekte ik op een heel wat hardhandiger manier dat ik, William Walsh, het mikpunt van seksuele spot zou worden van praktisch de hele school, allemaal vanwege mijn voornaam. Vooral in mijn eerste jaar konden de jongens er maar niet genoeg van krijgen.

Ik weet niet hoe het die eerste dag al 'uitkwam'. Er waren jongens van wie ik de voornaam maanden later nog niet kende. Maar een van de ouderejaars kreeg de lijsten in zijn vingers en ontdekte de vreselijke waarheid. Daarop begon het gepest en getreiter en het ging ongehinderd door tot ik in het derde jaar de neus van de oudste Anderson met een bevlogen toevalstreffer in elkaar stompte, wat een eind maakte aan mijn martelgang. Het mooie van een school als Waddesford Manor is, dat je, eenmaal erdoorheen gekomen, het gevoel hebt dat je overal doorheen kunt komen. Dan is alles in vergelijking een zaligheid: bedden, eten, een bad, zelfs andere mensen. Ik vind het nog steeds een wonder dat mijn eigen tere willie al dat schimpen en schelden en honen te boven is gekomen en het tot een gelukkig heteroseksueel leven heeft gebracht. Tot zover mijn verwondering en haar povere oorsprong; jou overkwam daar ook een wonder, jouw Angelo, met zijn stralenkrans van bleekgouden krullen en zijn verbazend lichte ogen en zijn gezicht dat uit een donker soort marmer gehouwen leek.

Ik weet niet hoe jullie elkaar later hebben ontmoet of wat er toen gezegd of gedaan is. Ik weet wel dat je, elke avond als om zeven uur de klokken gingen luiden, opstond waar je ook was, naar de baai liep en soms uren wegbleef. En ik weet dat je soms 's nachts, als ik nog uitgeput van het vrijen met jou wakker werd, uit bed verdwenen was. Door het halve waas van mijn dromen zag ik je dan terugkomen, in verwarde staat, met die wilde, dromerige blik in je ogen. Dan klampte je je aan mij vast en wilde weer vrijen en nog eens, en pas dan viel je even in slaap, die door seks verdoofde slaap van je. Ik weet ook dat je je iedere dag de hele tijd bewust was van de treinen die door de rotstunnel het station van Sestri dat een eind weg lag, binnenreden. Jij kon die treinen horen fluiten aan de overkant van de grote baai en wist dan als door een wonder zoals ik toen dacht, hoe ze heetten en waar ze heen gingen.

Midden onder de lunch kon je stilhouden, je tagliatelle a la carbonara halverwege tussen bord en mond, en bij het horen van een ver gerommel zei je dan: 'Dat is de trein van twaalf uur vijfendertig naar Milaan.'

Het was of het hele netwerk van de spoorwegen in verbinding stond met je bloedsomloop, of er met iedere goederen- of exprestrein die kwam en ging een nieuwe golf bloed door je hersens spoelde. Als ze vertraging hadden, leek je dat fysiek pijn te doen, een soort zenuwhoofdpijn. Ook ik leerde de dienstregeling kennen, uit de tweede hand, zodat ik als je fronste en je middagthee liet staan, al voor je het zei wist dat de Rome-expres te laat was.

Op het station stond links van de loketten een bord met alle vertrek- en aankomsttijden. Ik dacht dat je misschien daarheen ging. Soms ging ik daar zelf heen, zogenaamd om een Engelse krant te kopen of een paar zakdoeken of een goedkope liefdesroman, maar ik zag je daar nooit. Een week of twee nadat je verdwijningen begonnen waren, wandelde ik in een plotselinge vlaag van jaloezie of bezorgdheid de hele Stiltebaai langs en ontdekte dat er overal steegjes van en naar de rest van de stad leidden. Sindsdien maakte je vertrek om zeven uur me ongeruster. Tot dat moment had ik me gerustgesteld met het idee dat je alleen maar wat zat te peinzen bij het water, in herinnering aan de religieuze ervaring van die eerste avond. En hoewel ik je een keer volgde en je in gedachten verzonken zag staan wachten aan de rand van het water, had ik het gevoel dat je overal kon zijn.

Op een andere verkenningstocht in de stad vond ik een duister tunneltje of *sottopassaggio* dat onder de spoorbaan door naar de andere kant van de stad leidde. Dit was een deel van Sestri Levante waarvan ik tot dat moment het bestaan niet geweten had. Er leek al meer dan genoeg te zijn aan onze kant van de spoorbaan om onder de knie te krijgen zonder dit nieuwe gedeelte, dat trouwens helemaal zo nieuw niet was, en dat zich in de heuvels en uit mijn greep voortslingerde.

Op een avond, toen ik naar beneden liep langs de helling met de balustrade aan de andere kant van jouw baai, die ik de jouwe noem omdat jij je hem hebt toegeëigend en er iets magisch uitgehaald hebt dat voor mij ontoegankelijk was, zag ik je in de verte. Ik heb het je nooit voor de voeten geworpen – wat viel er ook te zeggen? Je lag in een diepe boot, een eindje van de oever, ik herkende je blote rug en je haar en het haar van Angelo. Je lag boven op hem. Het was precies vijfenveertig minuten geleden dat je dat bij mij had gedaan. Als ik daar niet op de heuvel had gestaan, had ik het niet kunnen zien. Zelfs onder die omstandigheden zag je rug er mooi uit. Je zei altijd dat je de mooiste ruggegraat van het westelijk halfrond had en ik denk dat het waar is. Als we samen uit gingen of op een party waren en de fotografen om je heen dromden, draaide je hun je rug toe en als ze zich daarover beklaagden, zei je altijd: 'Dit is de mooiste rug van het westelijk halfrond.'

Ik wilde me kwaad en bedrogen voelen. Ik wilde dat ik tegen je kon schreeuwen als je thuis kwam, of juist heel zwijgzaam en gekwetst zijn. Maar dat kon ik niet, Rosalind, ik wilde alleen maar jou, wilde mijn vingers langs je rug omlaag laten glijden en jou daar bij mij zien. Wat was nu één keer? Eén misstap in een roeiboot? Dus deed ik wat jij doet, Rosalind, ik deed alsof ik niets had gezien, alsof het niet was gebeurd, of er geen Angelo bestond die jou met mij deelde. Toen kwam je terug naar het Paradiso, rende buiten adem de trap op, wierp jezelf op ons bed en vroeg om me, zoals je dat zoveel avonden eerder had gedaan. Dat was het enige dat me verontrustte, die gretigheid waarmee je terugkwam, omdat ik me daardoor ging afvragen of je al die andere keren ook van een andere man naar mij was toegekomen, zo fragiel en veerkrachtig als een pingpongbal, ten prooi aan iedereen die er maar tegenaan wou slaan.

Maar wat wij samen hadden was te goed om door een woord of een blik te verliezen, dus paste ik het tafereel aan, maakte de boot kleiner, liet jou slapen in mijn nieuwe droom, haalde Angelo onder je vandaan en legde visnetten voor hem in de plaats. Zelfs in momenten van grote ernst is het onmogelijk de eigen geest volledig in bedwang te houden. Toen ik die visnetten in de boot neerlegde en jou aan het repareren ervan zette, schoot me dan ook het beeld te binnen van een Engels landhuis en moest ik denken aan het bekende verhaal van de gastvrouw die haar huis laat zien aan een groep jonge meisjes die het weekend kwamen logeren en die bij het openen van de deur van een van de zitkamers, toen ze merkte dat twee gasten op de vloer lagen te vozen, zonder een ogenblik te aarzelen aan haar verbaasde en onschuldige schaapjes uitlegt: 'O, die zijn het kleed aan het repareren, wat aardig van ze!' Ik moest daarom ook de nieuwe versie herzien, de visnetten die te veel aan seks en vloerkleden deden denken verwijderen en jou op je eentje laten zonnebaden.

Ik heb je de verschillende lagen van je bedrog nooit echt kwalijk genomen, ik had de mijne en wist dat ze grotendeels onschuldig waren. De mijne stamden uit mijn kindertijd, net als de jouwe, dat weet ik wel zeker, en ze waren niet meer dan mijn manier om het gewroet en de onwelwillende omgeving waar ik zo lang in had verkeerd de baas te blijven. Zelfs voor de rechtbank is zelfverdediging geen misdaad. Ik wist niet waarom je het allemaal deed, en eerlijk gezegd ook niet wat je allemaal deed. Maar in de grond was je een 'goeie meid', ik geloofde oprecht dat je van me hield en voor mij kon je geen kwaad doen. Je bent altijd mijn visioen geweest, de gevleugelde boodschapster van een andere wereld. Toen ik dat voor ons trouwen eens in een sentimentele bui tegen je zei, beweerde jij dat er geen vrouwelijke engelen waren, alleen mannelijke. De vier aartsengelen en al hun heerscharen, van Sariël de zangmeester tot Samuel de engel des doods: het waren allemaal mannen. Goed, dacht ik, dan heb jij die lacune opgevuld.

Soms maak ik me zorgen als ik naar mijn ogen kijk. Ons beider ijdelheid is als een onderstroom, denk ik weleens, die ons meesleept in dezelfde richting, zij het niet op dezelfde golf. Mijn ogen zijn blauw, de jouwe zijn helder en diep verontrustend grijs. De enige andere mensen die ik ooit heb gezien met zulke heldere of zulke mooie ogen waren Angelo en Amadeo. Ik zie in mijn gedachten hun ogen zo vaak als de ogen van zeemeeuwen of de verdronken ogen van zeelui die schipbreuk hebben geleden, even geheimzinnig als de zee zelf.

Ik vraag me af of ik je werkelijk iets beter ken, nu ik de lagen van al die jaren heb afgepeld, dan toen ik je voor het eerst ontmoette. Nu ben je drieëndertig, gevangen in een droom, moeder van een meisjestweeling die wispelturiger en wilder is dan jij ooit geweest bent, en van een dood zoontje en een menigte herinneringen die je achtervolgen. Toch zijn er dingen die nooit lijken te veranderen. Toen ik je pas kende was het mijn Jimmy die jou aan het lachen maakte, en nog steeds kan hij je elk moment aan het lachen krijgen. Je vraagt naar hem alsof hij een bestaand persoon was, los van mijzelf, zoals je ook vraagt naar anderen uit mijn repertoire, de supporter van Manchester United en de taxichauffeur en de anglicaanse dominee. Misschien is dat nog een reden waarom je mij zo nodig hebt, omdat ook ik meer ben dan mijzelf. Zo komt er, als je naar mijn Jimmy vraagt, een rasechte Italiaanse ober uit mijn mond te voorschijn. Ik heb gemerkt dat je soms dingen zegt tegen die Jimmy die je niet tegen mij zou zeggen, maar de hoofdzaak is dat je lacht.

Ik vind het heerlijk om bij je te zijn, Rosalind, maar lachen gaat me niet goed meer af. Het is of mijn mond strak is getrokken, zoals ook ooit is gebeurd met de mond van mijn moeder, ongetwijfeld lang voor ik geboren werd. Ik zou er alles voor over hebben om te kunnen ontspannen, werkelijk alles. Maar in mij zit die angst om jou, om wat er met je zou kunnen gebeuren als er weer iets misging. Niemand zou begrijpen dat je geen kwaad in de zin had en dat je nooit echt iets slechts hebt gedaan. Alles wat er gebeurd is, gebeurde per ongeluk, en jij bent nu eenmaal zoals je bent: je verandert de werkelijkheid als die je te dicht op de huid komt. Ik weet dat en ik geloof in jou, maar wie anders zou dat doen? Zouden ze je het voorrecht van de twijfel schenken? Of zouden ze al die jaren van ontkennen gaan opgraven en ontrafelen en ze tegen je gebruiken en je omlaaghalen in de modder waarmee je echt niets te maken hebt? Zelfs als ik slaap heb ik een gevoel of ik niet slaap, en als ik wakker ben doen mijn ogen zeer van dit getob. Ik stel me voor dat iemand een signaal zal opvangen, dat een vreemde ons zal aangeven, dat een onberaden woord van jou je zal verraden.

En dan heb je die ellendige viswinkel met die slijmerige bakken waar altijd een mandje krabben in de hoek staat, en jij weet dat dat het enige is waarvan ik de aanblik niet verdragen kan. Je hebt jezelf de reden laten vergeten, je doet alsof het iets excentrieks van mij is, een gril om toegeeflijk over te zijn. Ik heb je tegen mensen horen zeggen: 'Willie heeft een hekel aan krabben.' Alsof je zou meedelen dat een van je dochters geen tapioca lust.

Je moet over zulke dingen niet te tragisch doen, ik weet het. Ik denk dat ik een neiging heb tot treurigheid. Mijn moeder had er een handje van elke vorm van enthousiasme te dempen met de namaak-sympathie van het zinnetje: 'Och kind, het is toch wat.' Alle goede en slechte dingen werden gladgestreken door die grootste gemene deler; mijn eerste tekeningen, boeken, de sensatie van nieuwe vrienden, speciale cadeautjes die haar in de onwillige handen werden gestopt, allemaal werden ze begroet met datzelfde grimlachje. Ik weet niet wat mijn moeder zo verbitterd had gemaakt, of het de oorlog was of mijn vader of de nette armoe van haar huwelijksjaren, of de gure, afstompende eenzaamheid van het drassige land van Norfolk. Misschien was het gewoon de afschuwelijke petroleumlucht die overal aanhing en toch de kou van de oostenwind niet buiten de deur kon houden. Ik denk dat ze vond dat ze me op de proef moest stellen, dat dat haar plicht was, maar toen dacht ik dat ze niet besefte hoe hardvochtig ze tegen me was. Toen ze gestorven was kreeg ik, kenmerkend genoeg, een brief van haar bank. Daarin schreef ze me dat ze hoopte dat ik haar zou vergeven voor haar hardheid en het gebrek aan liefde dat ze me altijd had getoond, maar dat er lang geleden iets was gebeurd dat haar hart had veranderd in puimsteen. Ze schreef ook dat ze vaak gezien had hoe ze tegen mij deed en gewenst had dat ze anders kon zijn. De gedachte dat mijn moeder zowel een hart als een ziel had gehad, van welk materiaal ook, was verbijsterend, en in mijn met puimsteen geschuurde herinnering is ze er sindsdien iets aardiger gaan uitzien.

Waar denk jij aan, Rosalind, als je zo naar de zee staart? Misschien is het maar beter dat ik het niet weet. Het kalmeert me nu als ik naar de golven kijk. Vroeger dacht ik dat het verkeerd was als je zo zat te staren, maar nu weet ik dat het kalmeert. Toen we in het binnenland woonden, zat je uit het raam naar het verwilderde gras in de achtertuin te staren en dwong er de zee naar je toe; urenlang was je dan in beraad met je denkbeeldige golven. Zo ontspannen de twee kanten van jou zich, waar dat mij niet lijkt te lukken, maar ik begin het te leren, in de leer bij eb en vloed. Als je mij had willen zeggen wat je denkt, had je dat allang gedaan denk ik: of zit je te wachten tot ik er zelf achterkom?

2 *Rosalind*

De eerste keer dat ik echt iets helemaal voelde, op de manier waarop ik dacht dat je het leven hoorde te voelen, was toen ik Angelo zag op het water. Daarvoor was ik zo nu en dan wel op de rand van die ervaring geweest – bij een orgasme, als ik op een veiling kreeg wat ik wilde, als ik een echt lekkere chocoladecake at – maar het was het altijd net niet en ik bleef achter met alleen maar de onmiddellijke behoefte om het weer te proberen. Angelo prikte daar allemaal doorheen. Hij gaf me de kracht om door te leven.

Als een vrouw in coma raakt en dagen en zelfs weken of maanden buiten bewustzijn ligt, weten de dokters tegenwoordig dat de patiënte kan horen wat er om haar heen wordt gezegd. Ze kan de verpleegsters horen praten over haar geval en over hun vriendjes en over de hoofdzuster; door een waas, ergens tussen leven en dood, weet ze wat er om haar heen gebeurt. Zo kan iemands geest ook wegdrijven uit een bed of een stoel en het eigen lichaam van een afstand bekijken. Dat zijn erkende verschijnselen. Blinden kunnen blinden horen en doven kunnen doven voelen, maar niemand aanvaardt iemands dualiteit als normaal. Daarom heet ik 'een genezen schizofreen'. Laat ze me maar een naam geven, dat is makkelijker dan argumenten geven. Misschien komt het wel voor dat iemand zich echt niet bewust is dat er nog iemand anders in haar lichaam huist en beurtelings van alles met haar doet. Of misschien verkiest ze die ander te negeren, als bij een oude familievete. Of misschien is, zoals in mijn geval, het leven makkelijker als de ene kant de andere domineert en dat maar beter ook kan blijven doen, aangezien in elke relatie nu eenmaal een leidende helft moet zijn omdat anders alles in het honderd loopt. Ik weet dus best, Willie Walsh en jullie allemaal, dat ik twee keer ben van wat ik lijk te zijn en de helft van wat ik ben, en wat dan nog?

Willie en ik zijn net een paar dat met Bisonkit aan elkaar is gelijmd. Afgezien van dit bijzondere chemische middel dat niet kan en wil loslaten, weten we niet wat ons bij elkaar houdt. Ik geloof dat er gevallen bekend zijn van scheiding door een chirurgische ingreep. Zoals dat van de jaloerse vrouw die de hand van haar slapende man aan zijn penis vastlijmde. Onze omhelzingen zijn bepaald intiemer; en is chirurgie wel altijd aan te raden?

Willie wil mijn gedachten kennen, de diepten van mijn verondersteld krankzinnigheid, maar ik ben er niet zeker van dat hij nog net zoveel van mij zou houden als hij ze allemaal kende en zelfs niet of ik dat nog zou doen als ik zoveel tegen hem zou zeggen. Een vrouw hoort haar geheimen te hebben, het geeft haar een gevoel van macht te weten dat er altijd nog een laagje is dat ze af kan leggen als zij dat wil, of het toch niet te doen. Soms, een heel enkele keer, laat ze nog een sluier vallen, die steeds weer een nieuwe onthult, er is altijd nog een laatste sluier voor het einde, en het einde is er niet.

Willies moeder was een rotwijf, ik zeg dat niet vaak tegen hem want dan gaat hij haar nagedachtenis in bescherming nemen. Bij de weinige gelegenheden dat ik haar heb ontmoet – te weten: twee keer op de pastorie, waar ik op mijn stoel zat vastgeprikt door moordende tochtvlagen en haar dodelijk bedoelde blik, één keer bij een rampzalige theevisite in Londen en een keer of wat vanwege de kinderen – konden we in elk geval niet met elkaar opschieten. Ik vond dat ze diende te worden verdronken in een pekelton en had me met genoegen opgegeven om het vonnis uit te voeren. Van haar kant deed zij geen moeite het feit te verbergen dat ze mij beschouwde als de meest onbeschaamde sloerie die ooit was voortgekomen uit het Verenigd Koninkrijk, zo niet uit de hele wereld. Zolang zij mij van top tot teen met de diepste afkeer opnam, wat praktisch wilde zeggen zolang we ons samen in één kamer bevonden, kon ik zien dat zij bezig was die vraag te overwegen; was het alleen Groot-Brittannië of was het een internationale kwestie?

Onze allereerste ontmoeting, die de toon zette voor alle volgende, vond plaats in de vochtige salon van de pastorie waar Willie was opgegroeid. Om helemaal eerlijk te zijn tegenover Willie: voor we erheen gingen had hij het huis en zijn moeder met een overvloed aan gruwelijke bijzonderheden beschreven. Ik had mijn zin doorgedreven om de blijde boodschap in eigen persoon naar Norfolk te gaan brengen. Willie voelde veel meer voor een telegram, of anders helemaal niets. Ik zei losjes dat hij veel te hard was voor zijn arme ouders en dat hij het goed moest maken nu wij gingen trouwen; elke vorm van bitterheid en ruzie maakte me ziek. De volgende morgen vroeg, toen ik met stijve gewrichten van de kou beweginglooos op mijn vochtige matras lag en naar de ijsbloemen aan de binnenkant van de ruiten keek, herkende ik in Willie de refugié die hij in feite was. Ik vroeg mij af of het verschil in warmte zou maken als ik in plaats van Willie, die twee verdiepingen en drie lange gangen bij me vandaan was ingekwartierd, mijn koffer opengeklapt over de zware grauwe legerdekens zou leggen.

De klok op de gotische schoorsteenmantel in mijn kamer sloeg om het kwartier, de hele nacht door. Door mijn eigen horloge was ik er die avond al vroeg achtergekomen dat de klok, zoals dominee Walsh gezegd zou hebben, loog. Er was een groeiend verschil tussen de werkelijke tijd en de tijd die de geblutste Victoriaanse wijzerplaat aangaf. Een ander soort hersens dan de mijne zouden hebben kunnen uitrekenen op welke momenten van de week die twee zouden samenvallen. Ik werd echter, al zou ik tot die wiskunde bij machte zijn geweest, te zeer beziggehouden door de manier waarop de slagen met een spookachtige echo in de lege schoorsteen bleven nagalmen. De kou was die nacht in feite veel erger dan de spoken. William had me gewaarschuwd voor de zingende schoorstenen – vier verschillende tonen die op onverwachte ogenblikken in de nacht als een hemels koor opstegen naar het zwerk. Hij had me ook verteld van een gekletter als het rammelen van kettingen dat in werkelijkheid werd veroorzaakt door het drenzen van het plaatje van de kachelschuif in de hal. Hij had me zelfs attent gemaakt op de verschillende geluiden in de waterleidingbuizen en had van elk een redelijke imitatie gegeven. Het staat me nog helder voor de geest hoe hij de stormwinden beschreef die ongehinderd vanuit de Oeral over de Noordzee direct op de vlakten van Norfolk afkwamen en over de Wash Engeland binnenvielen. Die wind liet de verzonken schat van koning John links liggen en stortte zich meteen op de ongevoegde bakstenen van de pastorie van zijn vader, het eerste huis dat weerstand bood aan de Siberische indringer.

Willies vader gaf graag de indruk van een dappere, maar miskende pionier. Ik weet niet waar dat 'miskend' op sloeg, want zijn leven was gewijd aan het bij zijn directe omgeving inhameren van zijn verdiensten. Zijn vrouw, zijn oeroude tuinman en zijn gemeente (alle zestien op eerste paasdag, eerste kerstdag en wapenstilstandsdag, en de gewone zeven op andere kerkdagen) wisten welke geweldige offers hij dagelijks voor hen bracht. Niemand in het dorp, ik denk zelfs zijn vrouw niet, vond het nodig dat hij om vijf uur opstond en zich waste met koud water, maar dat deed hij wel, tot heil van zijn ziel en tot redding van de hunne. Zo vroeg ook niemand hem zo lang te preken als hij deed, er was zelfs een bolsjewistisch element geweest in de gedaante van mevrouw Peabody die het gewaagd had hem te vragen dat niet te doen. Niemand vroeg hem, nu iedereen wel een beetje profiteerde van de verzorgingsstaat, pompoenen te kweken in de genadeloze overvloed waarmee hij dat deed; of aan mevrouw Walsh om daarvan de pompoenenjam die nooit wilde stollen te maken en weg te geven. Dominee zou het wel het beste weten, en mevrouw Walsh voelde zich geroepen een schijn van dorpsleven overeind te houden, ofschoon haar dorpelingen vrijwel vergeten waren wat het leven op het land was vóór televisieseries als *Coronation Street* en *Dallas* en bingo op donderdagavond in King's Lynn. Er was geen televisietoestel in de pastorie en mevrouw Walsh dankte God, zoals ze me die avond onder het eten had verteld, dat zij andere dingen hadden om zich te vermaken. Aan Willies wezenloze gezichtsuitdrukking kon ik zien dat hij geen idee had wat die andere dingen konden zijn. Ik wist dat hij een stapel Kuifjes had en een doos met Zweedse blaadjes, verstopt op de vliering, die hij daar jaren tevoren naartoe had gesmokkeld en nooit meer naar beneden had durven halen, zelfs niet om ze weg te gooien. Maar ik vroeg me wel af wat mevrouw Walsh verstopt had, en waar.

Er zaten muizen achter de plinten in de pastorie. De ruimten voor servies en proviand aan de achterkant van het huis leken op het eerste gezicht goed bevoorraad en toegankelijk voor muizen. Nader onderzoek leerde mij dat er alleen voorraden lagen opgeslagen voor de dag van het laatste oordeel, bestaande uit pompoenenjam en pompoenenchutney en pruimenchutney en vijgenchutney, met etiketten die dateerden uit de jaren vlak na de oorlog. Hoewel de muizen honger hadden, waren ze kennelijk niet zo wanhopig. Ik had de jam geproefd bij de thee die dag; er was minstens zoiets als het laatste oordeel nodig om de smaak te pakken te krijgen.

Om kwart voor zes, toen de dominee met een vervaarlijk valse bariton een geestelijk lied begon te zingen, stond ik op, haalde Willie en vertrok met hem. Ik kon zien dat hij dacht dat ik de hele zaak zou afblazen en dat hij het me ook niet kwalijk zou nemen als ik me niet wilde inlaten met zo'n ijzige familie. Ik wou alleen maken dat ik wegkwam, maar niet van hem. Ik voelde me eerder hechter met hem verbonden, als dit alles was wat hij achter zich had. Ik was tenminste nog opgegroeid in een sfeer van goed bedoelde ledigheid, in een huishouden dat zonder nadenken van het ene jaar naar het andere stommelde. In mijn achtergrond zat niets kwaadaardigs. Het leek extra in hem te prijzen dat hij tot zo'n evenwichtige en alleraardigste man was uitgegroeid, gezien de manier waarop hij van de ene koude nacht tot de andere op zijn kop was gezeten en klein was gehouden.

Dat wat Willies moeder betreft. Mijn moeder was helemaal niet zo. Om te beginnen noemde ik haar mammie. Toen Willie bij haar op bezoek zou komen sprak ik eerst met haar af, uit een plotselinge, naar later bleek volslagen onnodige verlegenheid, dat ik haar bij haar voornaam zou noemen – Vivienne. Bij iemand die zo vaag was als mammie was dat geen goed plan. Niet alleen kon ze zich Williams naam en zijn relatie tot mij niet herinneren, ze reageerde ook niet één keer op haar eigen naam. Ik heb zelden zo vaak zo quasi-kalm zitten glimlachen als die middag. Het was net een hele slechte persvoorstelling. Vijf gin-tonics later was ik ook mijn naam vergeten en mijn relatie tot mijzelf en was ik naar bed gegaan. Willie doolde doelloos rond, ging een luchtje scheppen en liep in de tuin mijn oom Jeremias tegen het lijf. Ze gingen samen naar de kroeg en Willie leek het niet erg te vinden.

Gewoon een atlas pakken en prikken heb ik altijd een goede manier gevonden om te kiezen waar je heen zult reizen. Om het reisdoel zin te geven moet het een plaats zijn waarvan je de naam leuk vindt, hetzij vanwege de klank of door de vorm ervan op de kaart. Ik heb altijd van reizen gehouden. Toen ik een kind was, droomde ik vaak dat ik in een huis woonde dat zo groot was dat ik elke nacht in een andere kamer sliep. William beschuldigde mij ervan dat die eigenaardigheid meer met seks dan met aardrijkskunde te maken had, maar het is echt het idee van een nieuwe ruimte dat ik opwindend vind. Het kan me niet eens schelen hoe die ruimte eruitziet als ik er eenmaal ben, het is het idee op zichzelf, het reizen, het opendoen van een deur, het opklimmen van een trap.

Het enige dat het hebben van een vaste basis

draaglijk maakte, was dat ik er mijn spullen kon opslaan en steeds meer kon kopen en toch nog ruimte had om ze in te proppen. Toch bezorgde het me soms een soort duizeling om dag in dag uit dezelfde dingen op dezelfde plaats te zien staan. God zij dank groeien de kinderen en veranderen zij steeds. Thuis gebeurde het een enkele keer dat ik bij het weggaan in een kamer rondkeek en dacht: als dat wandtafeltje of die stoel er nog zo staat als ik terugkom, sta ik niet voor mijzelf in. Ik zette het ding dan ergens anders neer.

Sestri Levante klonk aardig op de kaart, ik had ooit een speelgoedbeest gehad dat Piccolo Elefante heette – net zo'n soort naam. Wat de doorslag gaf was Baia del Silenzio. Vrijwel alles wat ik doe of zeg komt van één kant van mezelf, de andere kant is bijna onthersend door verwaarlozing. Ik hou altijd een deel van mij achter om die kant als het ware gezelschap te houden. Toen ik klein was dacht ik dat ik misschien een heilige was, wat een verklaring zou zijn geweest voor mijn beproevingen en me een gelukkig gevoel gaf. Het element van zelfopoffering in mij wordt alleen geëvenaard door dat van zelfverwenning, maar het offeren leerde ik eerst, de kunst anderen te behagen. Ik ontdekte op prille leeftijd dat ik macht had over andere mensen, dat ik hen kon laten doen wat ik wilde, niet altijd, maar vaak wel.

Angelo en ik hebben het samen goed gehad, ik herinner me geen bijzonderheden, maar ik weet dat het goed was. Ik voel nog steeds een soort gloed als ik eraan denk. Ik had toen het gevoel dat ik er op mijn best uitzag. Uiteindelijk doet het er niet toe wat anderen tegen je zeggen, je moet zelf voelen dat je er goed uitziet. Je moet het weten in je bloed. Ik weet niet meer wanneer ik in de spiegel begon te kijken, ik denk dat het al heel vroeg moet zijn geweest, te oordelen naar mijn kinderen die allebei onuitstaanbaar ijdel werden toen ze net een jaar oud waren. Ik kan me herinneren dat ik als kind zo nu en dan een glimp van mezelf opving als ik thuis de lange trap afliep, en dat ik daar een heerlijk rustig gevoel bij had. Dat kwam niet alleen doordat ik er nog steeds was, een spiegelbeeld had en dus bestond, het was ook omdat ik oprecht behagen schepte in wat ik zag.

Ik was twaalf toen ik voor het eerst totaal ondersteboven raakte door de aanblik van mezelf. Ik had thuis een vreselijk jaar achter de rug, ronddwalend door de tuin onder de nadrukkelijk waakzame blik van juffrouw Hatherton, of 'Hathers' zoals ik mijn kinderjuffrouw-gouvernante altijd noemde. Ofschoon niemand er ooit iets over zei, was ik uit de gratie door het geval met oom Bertie. Het feit dat hij tien keer zo erg uit de gratie was, maakte de zaak er niet beter op. Ik had dat jaar het gevoel dat alles wat ik deed verkeerd was. Het moet altijd goed zijn wat ik doe en ook als zodanig gezien worden, alleen zo kan ik functioneren. Zonder de algemene goedkeuring van vrienden en familie lijk ik niet te kunnen leven. In die tijd voelde ik me uitgestoten.

Twee dagen voor Kerstmis nam Hathers me mee

uit naar de kindermusical. We gingen altijd met Kerstmis samen naar de kindermusical, of we het leuk vonden of niet. Hathers had het soort verstand dat zelfs de eenvoudigste verwikkeling of verhaallijn niet kon bevatten. Ze had moeite de personages uit elkaar te houden of de afloop van films of toneelstukken te begrijpen. We hadden deze opvoering van *Dick Whittington en zijn bijzondere kat* nu echter al drie jaar achter elkaar gezien. Tegen de tijd dat onze trein van station Dover het donker in reed, was de voorstelling dan ook in hoofdzaak helder uitgelegd, door mij. Hathers zat te piekeren over de implicaties van de klokken. Ik zat in het donkere vlak tegenover me te staren, een raam naar de cabine, een beetje slaperig door de trein en het plotselinge zwijgen van Hathers.

Hoe langer ik in het verduisterde raam keek, des te mooier begon ik mijn donkere weerspiegeling te vinden. Ik raakte vrijwel gehypnotiseerd door mijn ogen en de lijn van mijn haar tegen het gordijn achter mij. Ik wilde dat iedereen naar me keek. Het rijtuig was bijna leeg, en Hathers zat, denk ik, nog steeds de dansers en zangers bij elkaar op te tellen. Ik draaide me naar haar toe, stralend vanwege mijn nieuwe ontdekking. Hathers keek afwezig op, maar leek niets te merken. Ik keek snel weer voor me, om te zien of de verschijning er nog steeds was; dat was zo. Hathers kon het nog steeds niet zien, maar haar waarnemingsvermogen stond bekend als niet best.

In die dagen van mijn vroege puberteit, toen ik nog naar kindermusicals ging, waren tieners Mods, of Rockers, of eigenlijk geen echte mensen. Aan het andere eind van ons compartiment zat een jonge Mod. Zijn haar was zo geknipt dat het gepommadeerd leek, maar het was in feite schoon en – voor een Mod – rebels donzig. Het was, herinner ik me, een jongen die duidelijk zijn eigen ijdelheden had; ik weet nog dat ik dacht dat hij vanwege de zorgwekkende staat van zijn huid wel diep onder de indruk moest komen van mijn schoonheid. Onder het voorwendsel dat ik een tandpastareclame aan zijn kant van het compartiment wilde bestuderen, keek ik hem midden in zijn gezicht. Idioot genoeg keek hij een andere kant op. Nog jaren heb ik me bezorgd afgevraagd wat er terecht moest komen van een jongen die zo ongevoelig was voor vrouwelijke volmaaktheid. Meer verdrietig dan boos keerde ik mij van hem af en haastte mij terug naar mijn plaats om te zien of het moois er nog steeds was. Het was er nog: de jongen was een verstokte dwaas. Ik had het gevoel dat ik me wel door het leven zou slaan, en dat ik op een dag zou schitteren en stralen.

Ondertussen was Hathers toegekomen aan haar jaarlijkse struikelblok. 'Hoe kunnen klokken spreken, Ros?'

Ik wist toen nog niet wat klokken allemaal kunnen zeggen, maar ik probeerde haar het idee uit te leggen in het kader van het stuk.

Hathers stond mij nader dan wie ook. We waren echte maatjes; ik deed alles wat ik kon om voor de andere huisgenoten haar bijna pathologisch gebrek aan concentratie en, eerlijk gezegd, hersens verborgen te houden. Maar zelfs ik sta verbaasd als ik me de onnozelheid van onze gesprekken in die dagen herinner. Als gouvernante was Hathers waardeloos. Als metgezel was ze een geweldig mens. Als kind had ik het idee dat Hathers zou moeten worden aangewezen als het achtste wereldwonder. Het is altijd een raadsel gebleven hoe een beschaafde Engelse vrouw in de twintigste eeuw zo beschut had kunnen blijven voor het leven. Haar onwetendheid had iets bovenmenselijks.

Ik ging niet naar school, gedeeltelijk omdat mammie nooit goed kon beslissen naar welke ik zou gaan, gedeeltelijk omdat ik geacht werd leesblind te zijn. Ik was een jaar of zes toen ik besefte dat Hathers op de dag dat ik echt kon lezen zou moeten vertrekken. We werkten ons zonder incidenten door het eerste leesboekje, maar toen we toekwamen aan *Janet en John* merkte ik dat Hathers meer fouten maakte dan ik. Ik voelde me daarvoor verantwoordelijk. Het was mijn idee geweest de tekst: 'Dit is Janet, dit is John', en 'Waar is Janet? Waar is John?' te verlevendigen door hem over twee rollen te verdelen. Ik was Janet en Hathers was John. Had ik dat niet zo geregeld, dan was Hathers' analfabetisme misschien nog jaren onopgemerkt gebleven. Nu het zo gegaan was, voelde ik me aan mijn eer verplicht die tekortkoming te verbergen achter een nog dramatischer toestand van mezelf.

Oom Jeremias had om de een of andere reden een jasmijn in een pot in de kas staan die op zijn plek werd gehouden door een brochure, getiteld *Lees-*

blindheid en uw kind. Ik las die, leerde de begrijpelijke gedeelten uit mijn hoofd en begon de rol te spelen van een leerling met een handicap. Vanaf dat moment vormden wandelingen in de vrije natuur, legpuzzels en middagvoorstellingen van de bioscoop het grootste deel van mijn opvoeding. We gingen naar de bioscoop op dinsdag- en donderdagmiddag, en brachten het grootste deel van de tussenliggende tijd door met het bespreken van bijzonderheden uit de films. Ik vond toen dat we net joodse schriftgeleerden waren die discussiëerden over de Talmoed. We zagen *Gejaagd door de wind* zeven keer, en elke keer als we nog knipperend tegen het licht de hoofdstraat in liepen om onze rituele warme cake met limonade te nuttigen, vroeg Hathers: 'Maar wat zou er gebeurd zijn als ze elkaar geen van allen waren tegengekomen?'

Hathers en ik kregen het altijd vreselijk te kwaad bij die films en weenden overvloedig. Ik heb dat nog steeds; de bioscoop is eigenlijk de enige plaats waar ik me kan laten gaan.

Ik hou van het geluid van golven, dat tollende geruis dat nooit ophoudt. Ik ga me er heel onbeduidend door voelen, en daar hou ik van. Het geeft rust. Ik krijg soms genoeg van mezelf. Een heel leven trekt zich samen in een bepaald aantal ogenblikken, maar de golven gaan altijd maar door. Voor mij was er het ogenblik dat ik merkte dat Hathers niet lezen kon, en het ogenblik dat mammie en de anderen me vonden met oom Bertie. Hij speelde al maanden met me en het was nooit verkeerd geweest en toen ineens, in dat ene ogenblik werd het misdadig. Dan was er een keer die malle ruzie door de telefoon, en de eerste keer dat ik Angelo zag, en de keer dat ik onze dode baby zag in het Royal Free Hospital, een volmaakte miniatuurversie van hem, uit albast gesneden, en dood. En er was die ene blik van ontzetting van Willie toen ik aanbood een nieuwe schildpad voor hem te kopen. En er waren meer ogenblikken. Een paar meer, samen goed voor een heel leven. Het zijn meer de momenten van stilte dan de dingen die gezegd worden. Ik kan de golven niet in de steek laten, en zij mij niet. Zij willen mijn geheimen niet weten, ze proberen niet alles weg te halen uit mijn hoofd.

3 *William*

We gingen vaak naar South End Green omdat ze daar lekkere cake hadden en omdat er kinderen vliegerden in het park. Je zou kunnen zeggen dat chocolade en zweven de twee grote hartstochten van je leven waren. Toen we op een middag van de vliegerheuvel naar de tearoom wandelden, de steile helling van de Tanza Road af, brak het bandje van je schoen en wilde je niet verder lopen. Galant tot in het belachelijke (we zijn allebei een meter tachtig en jij bent echt zwaarder dan ik) bood ik aan je te dragen. Je weigerde.

'Je mag op mijn rug zitten,' zei ik.

Zelfs daarmee was je niet over te halen. Je hebt ooit gezegd dat je dat een van de fijnste dingen in het leven vond, iemand op je rug dragen of zelf zo gedragen worden.

'Wacht dan maar hier, dan haal ik een taxi,' zei ik en liet je achter op het stenen muurtje van een huis waar een bord met 'te koop' aan het hek hing. Ik liep door naar de taxistandplaats, vijf minuten verderop. Binnen tien minuten was ik terug. Je zat nog op het muurtje, maar nu stralend, en in gezelschap van een zeer uitbundig echtpaar dat je zo goed leek te kennen dat ze wel familie leken. We waren in die tijd vagelijk op zoek naar een huis. Jij was drie maanden zwanger. Toen ik het trottoir opkwam, riep je: 'Eerlijk zeggen, Willie, vind je het een leuk huis?'

Ik wierp er voor het eerst een blik op en kreeg een vluchtige indruk van vier verdiepingen en een souterrain en een Victoriaanse voorgevel.

'Ja...' zei ik een beetje onzeker.

'Mooi,' glimlachte je, 'want ik heb het net gekocht.'

Mijn mond viel open, wijder dan je waarschijnlijk ooit had gezien.

'Je hoeft niet zo te kijken, we zouden het niet gekocht hebben als jij gezegd had dat je het niet leuk vond.'

Ik was grootgebracht in een wereld waarin goddelijke vergelding geacht werd de onrechtzinnigen te treffen. Het leven behoorde te verlopen in bepaalde kanalen, huizen hoorden te worden gekocht volgens vaste regels waaraan taxateurs, makelaars, notarissen en uitgewisselde contracten te pas kwamen. Het kwam mij haast voor als heiligschennis dat een huis werd gekocht en verkocht in minder dan tien minuten, en door iemand met een kapotte sandaal, met wie ik nog maar net was getrouwd.

'En de papieren dan?' bracht ik zwakjes uit.

'We gaan nu meteen naar mijn notaris.'

'Rosalind, het is zaterdagmiddag vijf uur.'

'Dan slepen we hem wel van die geile sofa af waar hij op ligt.'

Het paar hield zich ietwat ongemakkelijk op de achtergrond. Het was duidelijk dat ze ons als malloten beschouwden, en ze wisten niet wie van ons tweeën het geld had. Zonder plichtplegingen persten we ons in mijn wachtende taxi en reden heel Londen door naar Knightsbridge. Een halfuur later arriveerden we op Cadogan Square, ik met een droge keel van het gepraat over koetjes en kalfjes. Jij, de aanstichtster van het plan, had de hele rit lang je mond gehouden en het aan de verkopers en mij overgelaten om het gesprek gaande te houden. Niets wat de bebaarde, mannelijke helft van het gebrilde stel in het midden bracht had mij getroffen als geruststellend.

Hij had terecht verondersteld dat ik niet eindeloos wilde aanhoren hoe hun Samantha en Ben het maakten op school, en dat ik evenmin nieuwsgierig was naar de nieuwe vorm van acupunctuur die zijn vrouw onderging. Ik heb het niet op naalden. Hij beperkte zich dus tot de eigenaardigheden van het huis, tot het klemmen van de achterdeur op regenachtige dagen dat met een goede trap te verhelpen was. Hij bracht me op de hoogte van de stroeve sponningen van de bovenramen en de onschuldige schimmel die in de droogkast woekerde... en dat er tegenwoordig nauwelijks meer water langs de trap van het souterrain kwam.

Toen we voor de tweede keer Cadogan Square rondreden, bleef ik net zo zwijgen als jij deed. De verkopers schraapten meer dan eens hun keel.

'Reuze geschikt van jullie om de vraagprijs te betalen,' opperde de mannelijke verkoper.

Ik realiseerde me dat ik geen idee had wat die

vraagprijs was, dus vroeg ik zachtjes: 'Hoeveel?'

Je glimlachte naar me op die speciale manier van je, die aankomt als een klap tegen de achterkant van je knieën. Ik was blij dat ik zat.

'Vijftigduizend pond.'

Natuurlijk was het huis bijna een kwart miljoen pond waard toen we het uiteindelijk verkochten. Maar toen, in een tijd dat ik blij was dat ik een tiende van die prijs per jaar verdiende, was het meer dan ik verduren kon. Ik schrok niet alleen van de buitensporigheid, ik was echt onthutst. Je ging niet zomaar verhuizen vanwege vliegers en chocoladecake. De taxi minderde vaart en ik wierp mij naar buiten, bij wijze van dramatisch commentaar op onze voorgenomen verhuizing uit West End. Ik kon horen dat de beide verkopers achter mij zowel bezorgd als onder de indruk waren van deze kennelijke zelfmoordpoging. Maar ik had gezien dat we inmiddels bij de notaris waren en wilde er als eerste uit.

Ons huis was echt leuk. Tot het einde aan toe. De achterdeur klemde nog steeds als het regende, maar bleef altijd gehoorzaam reageren op een trap, en de bovenramen bleven al de jaren dat we er woonden stijf dicht. Een oneetbaar soort cantharel zaaide zich nog steeds van tijd tot tijd vanuit de droogkast uit, maar die droogkast was sowieso niet erg bestand tegen grondige inspectie. Er waren elf kamers, twee keukens en drie badkamers, en elke hoek van elke kamer was volgepakt met spulletjes, die een mengeling vormden van goed, slecht en lelijk, met de nadruk op koopjes.

Op een zeker moment werd de vochtige glorie van ons Hampstead-herenhuis op de Tanza Road bevolkt door jou en mij, Amadeo en de tweeling (Florence en Hattie), Candy, het kindermeisje en inwonend nymfomane, een poes, mevrouw King die dagelijks het huis op orde hield en Fred, mijn huisschildpad en haar beschermeling.

Later waren alleen jij en ik over en mevrouw King met haar eindeloze vragen. Ik durfde haar niet te ontslaan. Er waren te veel dingen die ze had kunnen vertellen, te veel vragen die ze had kunnen opwerpen bij vrienden of buren. Daarom legde ik haar droog, zoals je met een alcoholist zou doen. Mevrouw King was sinds haar veertiende uit werken gegaan. Nu ze de rimpels droeg van haar drieënzestig jaar, zei ze dat ze zich meer op haar gemak voelde met een stofdoek in haar hand dan zonder. Stukje bij beetje sloot ik het huis af; sommige kamers gingen op slot, andere werden gebarricadeerd. Vervolgens begon ik steeds vroeger op te staan om alles op te ruimen en schoon te maken voor ze kwam. Ik geloof niet dat ik me ooit zo gemeen heb gevoeld. Ze had de oorlog doorstaan en de bombardementen en haar weduwschap, een haast onzichtbaar bestaan van geloof in het huishouden. Niettemin had ze kans gezien haar 'werkhuizen', zoals ze die noemde, te verheffen tot een reeks vlekkeloze koninkrijkjes. Ze had eens tegen me gezegd dat ze het heerlijk vond voor ons te werken, omdat 'de mooie madam' zoals ze Rosalind noemde het slordigste wezen was dat ze ooit was tegengekomen, zodat het haar 'echte voldoening' gaf de boel aan kant te houden.

Mevrouw King was geboren en getogen in een vochtige en groezelige achterafbuurt in Zuid-Londen, waaraan ze in haar jaren van ballingschap ten noorden van de Theems onwankelbaar trouw was gebleven.

'Dat was nog eens een nette buurt in mijn tijd,' zei ze dikwijls en snoof er nostalgisch bij. 'Niet dat er veel van over is vandaag de dag... de cafetaria en het station... maar probeer maar eens bij die cafetaria een behoorlijke viskroket te krijgen. Dat lukt je niet. En wie staat er naast je?' Mevrouw King keek met samengeknepen ogen om zich heen alsof ze verwachtte dat de schuldige elk ogenblik bij ons in de keuken kon opduiken.

'Een stel zwartjes,' sprak ze haast triomfantelijk. 'Ze kwamen zelfs in de doopsgezinde kerk tegen het einde... '

Het einde kwam in 1953, toen de man van mevrouw King overleed aan een beroerte en er zich tegelijkertijd, maar zonder oorzakelijk verband een stroom West-Indische en Aziatische immigranten vestigde aan de Balham High Road.

'Als christen vind ik het niet erg als ze in de kerk komen, de voorganger kon ook heel roerende dingen zeggen over die hete landen en de zwartjes die soldaat zijn geweest in de oorlog. Maar als het zover komt dat ik mijn viskroketten met brood krijg aangereikt door zo'n zwarte hand en dat je ermee in de rij voor de bus staat en ze de drogist platlopen en misschien wel op hetzelfde openbare toilet zitten, vraag je je toch af, meneer Walsh, waar Nelson voor gevochten heeft.'

Dit was een geliefde uitdrukking van mevrouw King, waarbij ik me altijd afvroeg waarvoor zij dacht dat de brave admiraal gevochten had, en wanneer en tegen wie. Het was een onderwerp dat we nooit hebben uitgediept. Mevrouw King beweerde dat ze 'een neus' had voor buitenlanders. Ze had zich 'uit nood' gevestigd in de ongastvrije buurt van Belsize Park, gevlucht voor de invasie van haar eigen terrein. Het gevolg was dat ze een grief koesterde waar geen goed bedoelde plagerij tegen opgewassen was. Ook voerde zij een privé-campagne voor gedwongen repatriëring van iedereen behalve de eerste Balhammers, zoals zij.

Mevrouw King rustte nimmer in die campagne. Zij was het ook die ons opmerkzaam maakte op onze eigen inwonende Rasta, in het voorjaar voor jullie allemaal naar Larenguebec trokken. Ik was die zware West-Indiër met zijn wollige haardos al een paar keer op de trap tegengekomen, net als jij neem ik aan, en had hem aangezien voor een loodgieter of elektriciën die voor ons werkte. Om de een of andere reden had ik evenmin het jongere zusje van Candy opgemerkt, die zich ongevraagd op de derde verdieping had genesteld en daar blijkbaar al drie weken woonde. Die zus was zestien, een veel kleinere en dikkere versie van de zeer verleidelijke Candy. Het meisje had een grote kamer gevorderd voor zichzelf en haar Caribische minnaar en weigerde te vertrekken toen haar dat vriendelijk werd gevraagd.

Ze beweerde dat ze was gekomen om haar zus een handje te helpen en dat niets haar van die taak zou afbrengen. Tevergeefs wees ik erop dat we geen twee kindermeisjes wilden, nog afgezien van het feit dat ze sinds haar komst nog geen vinger had uitgestoken. Het meisje was onvermurwbaar. Ze zei me dat ik een burgerlijk varken was en dat ze zich niet zou laten pressen tot het opgeven van haar rechten als werkneemster die niet opgejaagd kon en wilde worden. Ik probeerde door een afgesloten deur aardig en redelijk met haar te praten, maar al mijn smeekbeden stuitten op dezelfde reactie: de dagen dat 'mijn soort' vrouwen kon opjagen als slaven in de mijnen waren voorbij.

Ik deed een beroep op Candy, die per slot van rekening haar grote zus was, en zonder wie we nooit met het probleem gezeten zouden hebben. Mejuffrouw Candy zei echter, door het zoemen van haar supersonische haardroger heen, dat zij uit principe nooit tussenbeide kwam als twee personen in discussie waren.

'Maar je bent haar zus, Candy,' herinnerde ik haar.

'Kijk eens, meneer Walsh... '

Ze noemde me altijd zo, gedeeltelijk om me uit te dagen tot diepere gemeenzaamheid, gedeeltelijk om me te treiteren. Ik denk dat ze wist dat ze mij met dat 'meneer' verder isoleerde in mijn overigens geheel vrouwelijke huisgezin.

'Kijk eens, *meneer* Walsh, als u een jong meisje de straat op wil gooien, dan is dat uw zaak, maar u kunt niet echt verwachten dat ik u help. Zeker niet,' voegde ze eraan toe, 'als ze niets anders heeft gedaan dan ons hier komen helpen.'

Daarna werd wekenlang elke vraag, smeekbede of suggestie van mijn kant beantwoord met de uitdagende kreet 'racist' van de zwarte man zelf, gevolgd door het dreigement dat hij de Raad voor Rassenrelaties erbij zou halen om eens te zien wat die ervan zou zeggen.

Mevrouw King beschouwde de kwestie als een nieuw begin van het einde en niet minder dan wat ze verwacht had, maar niet in dit huis, niet hier. Tijdens het beleg hield ze Fred in een kartonnen doos onder de trap en voerde hem blaadjes sla in het donker. Ze streelde zijn hoornige schild en mompelde kalmerend: 'Stil maar, stil maar, als ze denken dat ze jou kunnen opeten, mogen ze zich wel twee keer bedenken.'

Uiteindelijk ging het erop lijken dat de viriele Jamaicaan genoeg kreeg van Candy's zus en haar revolutionaire elan, want de vloer begon steeds minder vaak te kraken. Toen kwam er op een avond grote ruzie, met gehuil en gekraak van meubels – de jouwe – en brekend glaswerk – mogelijk het mijne – en vervolgens opschudding op de trap. De Rasta stormde naar buiten, gevolgd door een huilende en ineens kwetsbare zestienjarige, en nooit kwamen ze terug.

Nog lang nadien rook de kamer naar zweet en gemorst zaad. Oude sigarenttepeukjes bleven onder het kleed vandaan komen, zelfs nadat mevrouw

King had geveegd en gestofzuigd. En in een boekenkast met glazen deurtjes vond ik, achter een reservestel van de Chambers encyclopedie, een kopje beschimmelde bonen in een groene sok. Ik heb me vaak afgevraagd hoe lang ze daar hadden kunnen wonen zonder dat we het gemerkt hadden als mevrouw King er niet was geweest met haar vooroordelen. Jij hebt me ooit verteld dat er in de tijd van koningin Victoria een heel jaar lang een jonge zwerver in Buckingham Palace heeft gewoond, levend van restjes, slapend achter divans en zich verschuilend in gangen tot hij eindelijk werd ontdekt.

Ik heb me in dat huis vaak een vreemde gevoeld. Jij maakte dat Amadeo op een meisje leek. Dan waren jullie allemaal meisjes, als een wulps circusnummer, en jij was de circusdirecteur die alles in de hand had. Ze waren allemaal op een subtiele manier in jouw macht, zelfs Candy en de tweeling. Je vroeg nooit ergens om, je manipuleerde mensen eenvoudig zo dat je het aangeboden kreeg. Dat is jouw kunst, of een deel ervan. Van het begin af aan wist je dat ik niet wilde dat hij die naam kreeg, Amadeo; hij leek ongeluk te brengen.

Ik heb nooit geweten hoeveel je je kon herinneren van zijn geboorte. Er is zoveel verzonnen en ontkend. In het begin, in het Royal Free Hospital, toen Amadeo eindelijk kwam en niet wilde huilen, leek je opgesloten in dat ogenblik. Hij gaf alleen een zucht en leek te sterven. Ze namen hem mee de kamer uit en deden alles wat je kunt doen om een baby tot leven te wekken, maar het leek of je dacht dat hij niet tot leven was voorbestemd. Hij zag er niet eens pasgeboren uit, met zijn grijze, waterheldere ogen die omhoog staarden en zijn kop vol lichte krullen en het gebeeldhouwde mondje en die onaardse bleekheid van zijn huid. Daarvoor noch daarna heb ik ooit een mensenkind gezien dat er zo streng en kalm uitzag.

De dokters zeiden het eerst tegen mij, nadat ze me bij je vandaan hadden geroepen. Maar in hun haast om het lastige karwei af te maken, brachten ze het nieuws op een tactloze manier; eerst zochten ze naar woorden en flapten er toen uit: 'Het is een dubbeltje op zijn kant... waarschuw uw vrouw maar vast.'

Op het moment dat het kind zuchtte, op het tafeltje aan het voeteneind van je bed, had ik het rare idee dat het iets zou gaan zeggen. Ik weet dat het idioot is. Toen de dokters daar op een kluitje bij elkaar stonden, kon ik mijn gedachten niet goed ordenen, maar ik had dat in mijn hoofd toen ik hun vroeg: 'Wat zei het?'

'Het was... praktisch doodgeboren, meneer Walsh,' zei een van de dokters treurig. En ik weet nog dat ik dacht dat ze daar liever een duidelijke aantekening in het journaal van die dag hadden gemaakt: '15.45 uur. Doodgeboren jongen, 4 kilogram en 170 gram,' om daarmee de zaak probleemloos af te sluiten.

Daarop volgde een lange stilte, die werd verbroken door een: 'Ik moet nu echt verder.'

Ik ging terug naar jou, Rosalind. Je lag verfrommeld, opgezwollen en uitgeput in je ziekenhuisbed. Ik zat een poosje naast je, hield je hand vast en streelde je verwarde haar. Toen vertelde ik je dat de baby leefde maar nog heel zwak was. Van het begin af aan viel je me in de rede; nee, zei je, nee, nee. Dat nee is sindsdien blijven terugkomen, soms. Er was geen nieuwe baby, geen albasten zoontje, alleen de last van je schuld, begraven in een kleine kist tijdens een plechtigheid die je verzon, in een denkbeeldig grafje dat je jaren voor me verborgen hield. Zelfs later, toen Amadeo het had gered en thuis was, hield jij vol dat er een tweeling was geweest. Een identieke tweeling, twee jongens, waarvan er voor jou een was gestorven.

De verpleegster kwam bij je en ook een katholieke priester om je bij te staan in je uitputting, maar je stuurde ze weg. Ik zag de baby diezelfde avond nog terug op de intensive care. Jij weigerde dat, maar ik had er behoefte aan, al wilde ik vooral dat hij voor jou ging leven. Het was vreemd, nietwaar, om dat verstilde visioen van Angelo zo naar ons op te zien kijken vanaf het voeteneind van je bed? Op de intensive care vroegen ze voor het eerst om een naam. Het kindje had een label om zijn pols en aan zijn bedje, waar alleen 'baby Walsh' op stond, met een nummer erachter. Het was de Schotse verpleger die me vroeg: 'Geeft u het een naam?'

Iedereen zag ons kind als 'het', en hoe vaker ik een mensenleven zo gereduceerd hoorde tot iets naamloos, des te meer wilde ik hem een eigen naam geven.

Zo ging ik terug naar jou, door de lange gangen en het netwerk van liften, en ademde de boenwas van de vloeren in. De bleke wanden leken boven op me te vallen. Jij had evenwel de verbinding verbroken, je weigerde zelfs maar te erkennen dat je een kind had gekregen. Je was nog steeds Rosalind Palliser, actrice, die nu slaap had en niet gestoord kon worden, zelfs niet door mij. Voor jou was er geen bedreiging van de familie. In jouw hoofd was je zoon dood, doodgeboren, door jou vernietigd, en je ging met dat veronderstelde falen om, door je terug te trekken en te doen alsof. Ik was er en jij was er, en Jimmy kon worden opgeroepen om je aan het lachen te maken als het nodig was, dus waarom al dat gedoe? Er kwam een Italiaanse verpleegster langs met iets warms te drinken voor je. Ik zag dat haar aanwezigheid je ergerde, omdat die hoorde bij de werkelijkheid van een kamer op een afdeling in een ziekenhuis dat je al uit je herinnering aan het vegen was, bij een gebeurtenis die al werd weggewist uit je leven.

Ik deed een vertrouwelijk beroep op haar. Ze kwam terug, even weinig welkom als de eerste keer, en vroeg je onder vier ogen hoe je je zoon wilde noemen. We hadden van tevoren geen namen afgesproken, weet je. We vonden dat elk kind bij de geboorte een naam hoorde te krijgen die bij zijn of haar persoonlijkheid paste. Ik hoorde alleen het eind van je onwillige discussie.

'... is toch je baby, is levend, niet dood,' zei de verpleegster in haar gebrekkige Engels.

'Nee.'

'Je moet genoeg daarom geven om het te geven een naam.'

'Nee,' hield je vol en je keerde je af.

De verpleegster was geschokt, angstig bijna. Ze deelde jouw katholieke geloof, maar droeg daarbij haar mediterrane bloed met zich mee, geworteld in het baren en grootbrengen van kinderen, dat ze tot iets heiligs maakte, alle kinderen, ieders kinderen, de jouwe en de mijne.

Ze kwam verdrietig hoofdschuddend naar buiten.

'Gaat niet. Jij nu naam voor hem maken.'

Mijn hoofd liep leeg, ik kon niets bedenken. 'Ik wil een Italiaanse naam,' was alles wat ik uit kon brengen.

'Is niet waar dat zij niet van hem houden, toch?' pleitte de verpleegster, alsof ze bij mij opnieuw bevestiging zocht voor haar vertrouwen in de menselijke natuur. Deze keer nam ik je tegen haar in bescherming. Wij hadden het alleen maar moeilijk met een naam. Jij had het die dag moeilijk gehad met het baren van een kind, je had dingen doorstaan waar zij en ik eenvoudig geen weet van hadden. Wie waren wij dan om kritiek te hebben op wat het ook was dat jij nodig vond om je te beschermen tegen wat er die dag was gebeurd?

'Noem hem dan Amadeo,' zei de verpleegster beslist, 'want God wel van hem houden.'

‘Nee,’ zei ik en liet haar staan. Ik kon moeilijk weten dat jij later ja zou zeggen. Namen hebben hun eigen macht, Rosalind, en aan deze leek iets niet te deugen.

4 *William*

Van iemand gaan houden is iets vreselijks, Rosalind, misschien het enige dat alle andere banden verbreekt. Er is niets dat ik niet voor je zou doen. Niets dat ik in je wil veranderen, ondanks al je dolmakende gebreken. Het is of die fouten helpen de persoon te maken van wie ik hou. Als ik dus zeg dat je dit deed of dat, dan is dat ook alles wat ik zeg; ik klaag je niet aan. Ik geef je nergens de schuld van. Ik heb nooit echt kunnen peilen wat je voor Amadeo voelt, maar ik weet dat je je best hebt gedaan en meer zou ik nooit willen vragen.

Toen ik je ging bezoeken met onze twee meisjes, twee weken nadat Amadeo geboren was, lag je op een zaaltje met drie andere vrouwen, ieder met haar baby in een bedje van plastic aan het voeteneind van het metalen bed. Het was donderdagmiddag, ik weet nog dat ik te laat kwam. Ik was vroeg van huis gegaan, maar de tweeling was als altijd onhandelbaar zonder jou. Ze hebben elk hun eigen naam, maar niet hun eigen gezicht, en ze plagen me al genoeg zonder dat ik probeer ze uit elkaar te houden. Wat zit er toch voor eigenzinnigs in hun bloed dat ze zo onbenaderbaar maakt? Zelfs als baby hadden ze al meer wispelturigheid in hun ogen dan jij en ik in ons hele lijf. Let wel, ik noem het geen kwaadaardigheid. Het is niet meer dan een beeld, een masker, en daaronder worstelen twee begaafde kinderen met een voorlijkheid die mij beangstigt, en hen denk ik ook.

Ze waren toen zes en net met praten in het openbaar begonnen. Hoewel ik ze er nooit op heb betrapt, geloof ik nog steeds dat ze wel tegen elkaar praatten als niemand het merkte, jaren voordat ze dit debuut maakten. Tot aan hun recente besluit om te gaan praten waren ze als autistisch beschouwd. Iedereen zei dat, behalve jij. Jij wou er niet van horen; je lachte erom en zei: 'Het zijn gewoon schatjes die doen alsof. Je moet je er geen zorgen om maken.'

De ene week hadden we nog twee identieke zwijgende domkoppen die door de buren werden beklaagd, de volgende week hadden we een paar wonderkinderen. Het was maar vijf minuten lopen naar het ziekenhuis, maar we deden er de hele middag over. Het kan maar een dun lijntje zijn dat kattenkwaad scheidt van wangedrag en wangedrag van misdaad. Onze twee meisjes begonnen hun leven als kleutervandalen, maakten snelle vorderingen naar de criminaliteit en hebben zichzelf nu op hun dertiende getemd tot grappenmaaksters. Zichzelf getemd dus, want niets dat ik of Candy of mevrouw King of hun leraressen ooit zeiden leek ook maar de geringste uitwerking te hebben op hun ongehoorde gedrag. Wel geloof ik dat de kalmte van jouw voorbeeld hun op een geheimzinnige, vrouwelijke manier tot leidraad is geweest. Ze werden geraakt door de uiterste randen van jouw krachtveld.

Die dag speelde er één een stuip voor de deur van de Half Moon-pub terwijl de andere krokodillentranen huilde op de stoep. Daarna kropen ze allebei tussen een paar kromme spijlen door van het hek langs de spoorbaan en renden over de rails, zodat de seinhuiswachter hen rood van woede achternakwam. Het was bepaald niet de eerste keer dat ze dat deden. Het jaar daarvoor hadden de spoorwegautoriteiten zelfs ons adres opgespoord en gezorgd dat er een politieagent aan de deur kwam. De aanblik van onze twee meisjes in hun gesteven schorten, met hun onberispelijke vlechten en hun pruillachjes leek hem milder te stemmen. Zoals ze daar stom op twee gelijke stoelen zaten in de stille woonkamer, droevig starend in hun prentenboeken, waren ze de agent te machtig. Toen hij onze vijfjarige engeltjes ondervroeg, zeiden ze niets (het was nog vóór hun sprekende dagen). Ze keken hem echter aan met zulke ontroerende, smekende snuitjes, elk met eenzelfde opwellende traan van vertrapte onschuld in de rechterooghoek, dat de man het er nogal te kwaad mee kreeg. Dit alles, in combinatie met jouw enorm professionele speech over de stille verschrikkingen van het autisme, met een hartverscheurende beschrijving van het leed dat jij en de twee cherubijntjes elke dag moesten doormaken, was haast meer dan ik verdragen kon. De agent liep bijna krom van de verontschuldigingen toen hij eenmaal bij de voordeur was. Als hij toen had omgekeken naar de woonkamer, had hij gezien dat de tweeling dubbel lag van stille pret.

Vanaf dat moment buitten ze de onmacht van de seinhuiswachter ten volle uit. Hij durfde niet terug te gaan naar de politie om 'kleine peuters' aan te klagen. Hij was zelf beschuldigd van dronken hallucinaties en de tweeling wist dat. Ze gooiden lege bierflessen in zijn seinhuisje, ze sleepten er alle wijn- en whiskyflessen heen die ze in de vuilnisbakken op de Tanza Road konden vinden. Ze renden over de rails, zigzagden over de stroomdraden, treiterden hem met zijn onvermogen om hen te pakken en liepen kans op een gemene schok.

Elke poging tot bemoeienis met hun streken was in de eerste tijd uitgelopen op aanvallen van hevig schudden, die een dag konden duren. Later werd zoiets begroet met uitbarstingen van hysterisch gegil. De tweeling gilde in koor, op een toonhoogte die zo afschuwelijk was dat ik er niet tegen kon. Dus leerde ik geduldig wachten tot het de meisjes goed docht bij mij terug te komen en de weinige rustige momenten op prijs te stellen dat ik twee beeldschone dametjes aan mijn zijde had. Toen ze nog baby's waren knuffelde ik ze, maar zo gauw ze groot genoeg waren om zich ertegen te verzetten, deden ze dat ook. Alleen Amadeo hield van knuffelen, van verhaaltjes en van uit wandelen gaan. Na de ellendige kilte van mijn eigen kindertijd wilde ik een kind echt gelukkig maken. Als het streven alleen voldoende was geweest, zou de tweeling misschien ook normaler zijn geworden. Nu leken ze in elk geval gelukkig met hun streken en listen.

Op donderdagmorgen kwam er altijd iemand van de afdeling burgerzaken naar de kraamafdeling van het ziekenhuis om de namen van de pasgeborenen te registreren voor de burgerlijke stand, zodat de druk bezette ouders niet zelf hoefden te komen. Zo kreeg Amadeo Walsh, onze zoon, in mijn afwezigheid zijn naam van jou, de naam die was bedacht door de Italiaanse verpleegster. Ik denk dat jij het zag als een wettige bevestiging van zijn dood, hij was een engel, niet echt. Toen ik tenslotte met de meisjes arriveerde was het geboortecertificaat getekend, gestempeld en vijf uur oud. Ik moet het gevoel gehad hebben dat zijn leven daarmee op een verkeerd spoor was gezet. Ik vroeg: 'Waarom?'

'Het is een mooie naam,' zei je, 'het betekent door God bemind.'

Ik herinnerde me de Italiaanse verpleegster en haar verdriet en ik werd bevangen door een boos voorgevoel dat ik niet in staat zou zijn dit kind te beschermen tegen de wereld. Het leek of ik door een soort magie jou en de tweeling in veiligheid zou kunnen houden, maar dat je, door ons zoontje die trieste naam te geven hem buiten mijn schamele macht had geplaatst. Dingen gebeuren en daar moet dan iets aan worden gedaan. Meestal doe ik dat. Ik ruim de dode mussen op die op het dressoir liggen, en de blikjes met geplette slakken die de meisjes onder hun bed bewaren. Ik bemoei me met Candy's sporadische huilbuien en met de onregelmatige uitbarstingen van mevrouw King. Zoals jouw agent zou zeggen, met zijn keurige stem die zo slecht bij zijn woorden past, als er weer een kwak stront tegen de ventilator vliegt, dan buk ik me, en maakt de ventilator kortsluiting dan trek ik de stekker eruit. Maar de aanblik van dat geboortecertificaat met dat rode schuinschrift en die Italiaanse naam was net te veel voor me, en ik begon te huilen.

Op het moment dat mijn gezicht samentrok, wist ik al dat ik voor aap zat en was ik me scherp bewust van de drie andere vrouwen in hun bedden met de bedjes van plastic aan het voeteneind, die alle drie deden of ze niet keken. Ik probeerde kracht te putten uit het feit dat je mijn haar aanraakte, wetend dat je binnen enkele seconden uit het beeld zou verdwijnen en de verbinding verbreken nog lang nadat ik mezelf bij elkaar had geraapt. Ik merkte ook dat ik, misschien voor de eerste en enige keer, de tweeling in verlegenheid bracht. Ik begroef mijn gezicht in de groene ziekenhuissprei en vroeg me wanhopig af hoe ik, althans met een schijn van zelfbeheersing, weer overeind zou kunnen komen. Toen kwam Jimmy me te hulp, zoals hij jou zo vaak te hulp is gekomen. Nog gedempt door het beddengoed legde hij uit, in zijn zwaar Italiaanse Engels:

'Is allemaal te veel voor mij. De jongens, mijn vrienden, zij hebben mij niet gezegd dat dit is zo een zaak van, hoe moete zegge, emotie, zoals de voetbal.' Iedereen glimlachte opgelucht.

'Wist je dat Heliogabalus is gestorven met zijn hoofd in een latrine?' vroeg je aan ons.

'Ja,' zei ik naar waarheid en had daar spijt van toen ik je triest je schouders zag ophalen.

'Maar niet heus,' loog ik.

Je glimlachte en keek ineens stralend op. Toen gingen we weg.

Je zat altijd vol met zulke wist-je-dat-verhalen. Dat is nog wel zo, denk ik, alleen is het moeilijker zo'n schat aan verzamelde buitenissigheden te vinden als jij had aangelegd voor we elkaar leerden kennen. Met de jaren is je voorraad bijna opgeraakt en heb je bepaalde favorieten opnieuw in omloop moeten brengen.

Zo had jij je anekdotes en ik mijn imitaties en mijn malle loopje. Die avond van de dag dat de jongen zo werd genoemd ging ik naar het kerkhof van Highgate. Ik was daar al vaak geweest. Ik vond het moeilijk de zware toegangspoort en het roestige hek voorbij te lopen zonder zo nu en dan naar binnen te gaan en eer te bewijzen aan al die strenge graven, die me zo deden denken aan vroeger thuis en het kerkhof bij mijn vaders kerk.

Toen de kinderen niet wilden praten en als ze weer aan het schudden waren, volmaakt in de maat met elkaar maar totaal uit de maat met de wereld, ging ik die graven bezoeken. En als jij zat te staren naar de achtertuin, rondturend of je uitkeek over de zee, dan ging ik ook. Ik wist op zulke dagen dat het voor jou echte golven waren daarbuiten, dat er zout water tegen onze achterdeur klotste, dat zelfs het geluid van de droogtrommel werd omgezet in strandgeluiden. Ik kon je niet bereiken op zulke dagen. Uren achter elkaar bedreven we de liefde, maar jouw afwezigheid riep de mijne op en ik voelde me als door een ebstroom meegetrokken naar het niets waarin je leefde.

Op zulke dagen liep ik de straat af naar South End Green, naar de patisserie om een chocoladetaartje te kopen, en dan glimlachte je, dichter bij een extase dan je anders ooit kwam. Het was alsof je lekkers voerde aan een gekooide vogel, of een heel gevoelige kasplant verzorgde.

Toen ik naar het kerkhof ging na het bezoek aan jou in het ziekenhuis, was het achter in september, de braamstruiken waren aan het verwilderen. Langs heel het buitenhek strekten zich sterke uitlopers uit over de minder goed onderhouden graven. Sommige bramen waren rijp en puilden door de prikkelige bladeren. Ik at daar nooit bramen. Ik denk dat weinig mensen dat deden. Ze waren bijna onnatuurlijk weelderig en aanlokkelijk als je erlangs liep en soms verdwaalde in de doolhof van afgemeten perken en zerken. Soms, afgeleid door de vogels en de bomen en de stilte die er heerste, slechts zo nu en dan verstoord door het geluid van een voorbijrijdende auto, plukte mijn hand een vruchtje en liet het meteen weer vallen, bijna walgend van dat gebaar, in het besef waar die welige vruchtbaarheid vandaan kwam.

Ik was tot de slotsom gekomen dat onze eigen Amadeo Walsh, die had gezucht en was gestorven maar weer tot leven gewekt en een spooknaam had gekregen, nadeel zou kunnen ondervinden van mijn ziekelijke weemoed, en ik nam het besluit op te houden met rondsjokken door de varens en het opschietend onkruid. Van nu af aan, nu onze nieuwe zoon al twee weken oud was en op het punt stond thuis te komen, moest ik ophouden voedsel te geven aan mijn melancholie en de bramen hun natuurlijke gang laten gaan. Jij bleef zeggen dat de baby dood was, doodgeboren. Nu moest ik je van gedachten doen veranderen, je zijn bewegende handjes laten zien, zorgen dat je hem vasthield en aanvaardde. Jij had hem gebaard, jij had zeven uur voor hem liggen zweten en kreunen op de verloskamer. Het waren jouw weeën, het was jouw pijn geweest. Wat ik aan pijn voelde, was afgeleide pijn. De donkere wallen hadden zich als verse kneuzingen om je ogen verzameld. Alles wat je van zijn leven wist was die ene zucht, nadat je hem negen maanden in je schoot had gedragen. Wie was ik om kritiek te hebben op je tijdelijke verdriet? Voor sommigen was dat denkbeeldig, voor jou niet. Je leek gevangen in het ogenblik van zijn schijnbaar overlijden. Zelfs nadat je Amadeo aanvaard had, beschouwde je hem als de helft van een tweeling, een identieke tweeling, wiens broer bij zijn geboorte in het Royal Free Hospital was gestorven. Zo kwamen de Amadeo's in je geest tot leven. Ik probeerde je te begrijpen en te helpen.

Mijn eerste poging was misschien het afzien van mijn bezoeken aan Highgate, terwijl ik toch een natuurlijke affiniteit met begraafplaatsen had. Ik was naast een kerkhof opgegroeid, had er gespeeld als kind en er een schuilplaats gevonden voor het onophoudelijke gevit van thuis. Je had de pastorie, je had de kerk en daartussen het kerkhof. Het was zowel ons niemandsland als alles wat ons scheidde van God.

Jij en ik hebben veel geheimen voor elkaar gehad, of eigenlijk hebben we ze nog steeds. Sommige mensen zijn heel openhartig over hun leven, anderen stoppen dingen weg. Wij horen allebei tot de tweede soort, zou ik zeggen. Ik weet niet wie van ons erger is of meer tot uitersten gaat. Jij hebt geheimen voor jezelf, maar ik veronderstel dat we dat allemaal hebben, die van jou zijn alleen ongewoner dan die van andere mensen. Ik placht thuis dingen te verstoppen, niet alleen mijn Kuifje-boeken, maar van alles. Het maakte me diep vanbinnen gelukkig te weten dat er dingetjes waren waar de strengheid van mijn ouders niet aan kon raken, gewoon doordat ze er niet van wisten. Ik leerde al heel vroeg leugens te vertellen; het waren wat je leugentjes om bestwil zou noemen. Dikwijls voorkwamen ze dat de gevoelens van anderen gekwetst werden; meestal beschermden ze mijn eigen gevoelens. Alleen mensen die slinks zijn van nature kunnen elkaar op die manier begrijpen. Buitenstaanders worden door die gewoonte bezorgd of verontwaardigd. Ik meen oprecht dat het een goede gewoonte is, die eerder meer dan minder verspreiding verdient.

Op school werd ik knap in de kunst van het liegen, ik bereikte er al bijna mijn huidige peil. Afgezien van een weekend in Amsterdam, een jaar of wat geleden, en een flirt van enkele maanden met een zangeres uit Notting Hill, heb ik nooit iets voor je verborgen gehouden dat je enig kwaad had kunnen doen. Ik geloof trouwens niet dat die overspeligheden voor jou echt kwaad konden, maar als je ervan geweten had, zouden ze je hebben kunnen krenken in je trots. Ik ben onvoldoende mathematisch onderlegd om de mate van jouw seksuele ontrouw tegenover mij te kunnen berekenen. Ik weet evenwel dat jij niet iemand bent met wie je kunt doen zoals je zelf doet. Ik geloof ook dat de term trouw in jouw geval niet opgaat. Ik geloof dat er iets is in jou dat altijd trouw blijft aan mij. Misschien lieg ik nu tegen mezelf, maar wat kan dat voor kwaad?

Ik heb zoveel leugens verteld sinds jij en de tweeling terugkwamen uit Larenguebec dat het op sommige dagen voelde alsof ik in spinnenwebben gewikkeld zat. Er komt een punt waarop het zwaar werk is te onthouden wie wat is verteld en wanneer. Een van de mooie dingen van Sestri Levante is dat niemand ons naar de kinderen vraagt. Er worden geen hoofden geteld, er hoeft niets te worden ontweken.

5 *Rosalind*

Ik denk dat William bezeten is van getallen. Ik heb ooit een acteur gekend die de hele wereldgeschiedenis had uitgerekend in eenheden van vier. Jaren had hij besteed aan het vermenigvuldigen en delen van alle bekende jaartallen. Niemand zou zo gauw evenveel tijd besteden om hem na te rekenen, dus ik verdenk hem ervan dat hij alleen die jaartallen nam die deelbaar waren door zijn magisch getal. Wat bewees hij daarmee? Ik weet het niet, en hij wist het waarschijnlijk ook niet, behalve dan dat hij veel tijd over had en verslaafd was aan hoofdrekenen. Hij zei, toen ik een keer zo onromantisch was om ernaar te vragen, dat het hem puur om het idee ging. Het probleem met William is het monster met de twee ogen, het ondier met de twee koppen, het mes dat aan twee kanten snijdt, de vrouw met de twee gezichten en ongetwijfeld ook de tweeling.

Altijd als hij serieus wordt, wat tegenwoordig vaker voorkomt dan vroeger, begint hij over Amadeo. Hij noemt hem 'de Amadeo's', alsof het een gebergte was in plaats van een baby. Mij is altijd verweten dat ik een ziekelijk gevoel voor humor heb, en ik geef toe dat het een beetje extreem is, misschien zelfs pervers. William echter lijkt meer last te hebben van ogenblikken van tactloosheid. Laten we eerlijk zijn: een vrouw wordt niet graag herinnerd aan een doodgeboren kind. Willie en ik hebben nooit echt gesproken over de wonderbaarlijke gelijkenis die het kind had met Angelo. Ik heb het maar één keer gezien, en ik kon er niet tegen. Het was het meest onwerkelijke dat ik ooit zag. Ik heb er jaren niet over kunnen praten. Pas toen ik terug was uit Larenguebec leek ik dat vlekkeloze leventje van vijf minuten te gaan missen. Ik wou alleen dat ik dat niet tegen William had gezegd. Gewoonlijk is hij zo goed in alles en zo vol begrip.

Ik moet iets in hem geraakt hebben door over het doodgeboren kind te beginnen, want nu lijkt hij het niet meer te kunnen vergeten. Twee jaar geleden zei ik er iets over, we hebben overal de zee om ons heen en niets anders te doen dan liggen en uitrusten, en waar begint Willie steeds opnieuw over?

'Wat *voel* je nu over de Amadeo's?'

Ik vind het niet echt naar, denk ik. Ik ga zelf ook steeds terug naar bepaalde dingen. Het is de manier waarop, die me niet bevalt. Ik denk dat hij zo bezeten is van tweetallen omdat hij ervan overtuigd is dat ik schizofreen ben, en ik houd er niet van om zo in een monstervakje te worden gestopt. Waarom denkt hij dat ik geestesziek ben? Omdat ik, toen we paradijselijk gelukkig waren op onze huwelijksreis, de meest fantastische man van de wereld tegenkwam en ook op hem verliefd werd. Waarom viel ik voor Angelo? Omdat hij iets geheimzinnigs en unieks had. Hoe kwam dat? Ik weet het niet. Willie zegt dat het kwam omdat er twee van mij zijn hierbinnen, één die stabiliteit en één die verandering nodig heeft. Misschien is dat zo, misschien zitten er wel twee mensen in elke vrouw, of nog meer. Wie heeft zich niet, metterdaad of in gedachten, aan twee mannen tegelijk gegeven? Of liever, om beurten, maar vaak met niet meer dan tien minuten ertussen? Wie heeft nooit naar een film zitten kijken, zich voorgesteld dat ze de ster kuste en zich daarna omgekeerd om haar minnaar te kussen? Hoe kan ik hem dat allemaal uitleggen? Hij begrijpt het niet, kan het niet begrijpen, omdat hij alles moet evalueren in termen van hemzelf. Als ik met een ander slaap, is hij tekortgeschoten. Zo is het niet. Angelo had niets met William te maken. Het was toeval dat ik toen net op huwelijksreis was. Als ik erover nadenk was het inderdaad niet zo'n gelukkig moment. Als ik denk aan al die dagen dat ik over zee heb zitten staren, vurig wensend dat er een prachtig schepsel uit zou oprijzen om mij te plezieren! En dan gebeurt het uitgerekend op Dag Een van een gelukkig huwelijk.

Hathers zei altijd dat denken slecht was voor de hersens. Het zou kunnen dat dat haar grootste ontdekking was. Ik zou willen dat ze er een onfeilbaar tegengif aan had toegevoegd voor gedachten die, eenmaal in beweging, niet meer te stoppen zijn. Maar Hathers kon nu eenmaal maar één idee tegelijk bevatten. Ik vind het best dat ik me elk afzonderlijk ogenblik van mijn zes weken in Sestri Levante voor de geest kan halen, tot ik besef wat andere mensen van me zouden denken als ze het wisten. Ik denk liever ook niet aan wat Willie ervan zou vinden. Het had gewoon niets met hem te maken. Het was een heerlijke huwelijksreis. Het zijn zo vaak buitenstaanders die zich indringen en de zaak bederven. Ik beoordeel mensen nooit op oppervlakkigheden: er valt altijd zoveel meer te zien als er maar een klein kansje is om zich te vertonen. Als ik naar mensen kijk, kom ik dus nooit zomaar tot een besluit – tenzij ze lelijk zijn natuurlijk, of saai.

Veel mensen vonden Hathers saai, maar dat was ze helemaal niet. Het ergste was dat ze soms een beetje vervelend werd als ze al te vaak dezelfde vragen stelde. Maar ik vond het leuk dat ze de dingen door een zo totaal andere bril zag dan ik. Ik zou niet half de dingen bedacht hebben die ik dacht als zij niet die rare vragen had gesteld. Ik wilde alles altijd goed doen, zodat de mensen ervan stonden te kijken.

Mammie zei altijd dat ik een braaf meisje was, wat ik ook deed. Ze was te afwezig om te merken wat ik aan het doen was en ze had het daar natuurlijk ook te druk voor. Ze ontving veel mensen. Ik heb dat vage van haar. Hathers was bijziend en droeg een bril. Ze vertelde me dat ze tot haar elfde perfect had kunnen zien, tot ze de mazelen kreeg. Toen ze beter was, leefde ze in een waas van bijziendheid dat nooit meer was opgetrokken.

Ze zei dat ik voor mijn elfde anders was geweest en toen pas zo vaag was geworden. Maar ik had geen mazelen gekregen, zelfs geen rodehond. Zelfs toen ik heel klein was, dacht ik al aan goed zijn. Hathers klikte nooit over me, ik denk dat ik me daardoor in zekere zin verantwoordelijk ging voelen. Als ik dus iets ondeugends had gedaan en het aan mammie kon vertellen zonder Hathers in moeilijkheden te brengen, dan ging ik naar haar toe om het op te biechten. Het leek of ze de conclusie al had getrokken dat ik haar brave meisje was en ze niet wenste te worden lastiggevallen met iets wat haar beeld van mij verstoorde. Ik kreeg dan spijt dat ik haar met zoiets had lastiggevallen en daarmee ook iets voor mezelf had verstoord. Het gaf me een prettig gevoel om goed te zijn, om te weten dat iedereen me goed vond.

Ik was heel schoon op mezelf. Ik ben altijd graag in bad gegaan, liefst een diep, warm bad met badzout en grote handdoeken. Ik weet nog dat ik mezelf echt afboende. Het was een zuiveringsritueel. Soms wilde ik dat ik naar school kon gaan, wat voor school ook, om andere kinderen te leren kennen en erachter te komen of ik wel de goede dingen leerde. Thuis werd er evenwel nooit een echt punt van gemaakt, zodat Hathers' baantje geen gevaar liep. Ik had bedacht dat als ze me eenmaal door mijn schooljaren had geholpen, niemand meer het hart zou hebben haar weg te sturen. Ik maakte me vaak zorgen over haar toekomst. Ze kwam bij ons toen ik drie was en ik denk niet dat ze het in een andere betrekking makkelijk had kunnen bolwerken. Ze maakte van mijn kinderkamer iets heel bijzonders. We aten veel toostjes bij de thee en Toblerones, en chocoladecake die ze aansneed als hij nog warm was. We hadden een boek, *Het Boston kookboek van Fanny Farmer*, waar de allerlekkerste chocoladecake in stond. Zelfs mevrouw King kon die maken.

Zo hadden Hathers en ik onze wandelingen in de natuur en onze legpuzzels, de bioscoop en ons kleverige lekkers bij de thee en nooit leek er iets verkeerd te gaan tot op de dag dat ze me met oom Bertie vonden. Het gekke was dat oom Bertie me al jaren was komen opzoeken en dat iedereen hem aardig vond. Ik mocht hem ook wel, maar in het begin vond ik het niet echt leuk om met hem te spelen. Hij deed uitgelaten zoals jolige ooms in films doen, maar ik hield niet van zoenen en van knuffelspelletjes. Niemand anders probeerde dat ooit; zelfs mammie wist dat ik niet graag aangehaald werd. Oom Bertie deed er vaak heel verontwaardigd over en zei dan zodra hij de gelegenheid kreeg en waar ik bij stond, tegen mammie: 'Dat meisje van jou heeft geen manieren, Vivienne!'

Ze raakte altijd van streek als iemand kritiek op mij had, wat overigens zelden voorkwam. Onder haar make-up drukte haar gezicht een en al teleurstelling uit. Een of twee keer zei ze tegen me nadat oom Bertie was vertrokken: 'Wees alsjeblieft lief tegen Bertie.'

Ik dacht dat oom Bertie mij niet aardig vond, want ik deed mijn best om lief te zijn. Ik deed spelletjes met hem en liet hem meegaan op onze wandelingen in de vrije natuur en we gingen samen theedrinken en naar de schommels, en zelfs als hij me veel te hoog opduwde huilde of protesteerde ik niet. Toch bleven we na zijn bezoeken van die aanmoedigende gesprekjes houden, waarbij mammie dingen zei als: 'Ik weet zeker dat je het niet zo bedoelde, liefje, maar oom Bertie is een beetje gevoelig de laatste tijd en ik denk dat je hem van streek hebt gemaakt.'

Ik vroeg Hathers met ons mee te gaan als we uitgingen, maar ze leek niet te begrijpen dat ik haar nodig had. Ik had haar nooit eerder nodig gehad, zie je, en ik begon steeds meer tijd op mijn eentje door te brengen, meestal met lezen. Ze noemde dat haar droompjestijd, want dan zat ze bij de haard in de vlammen te kijken en te dagdromen en een heleboel filmvragen te bedenken om later aan mij voor te leggen. Soms vroeg ik zelfs mammie om mee te gaan, maar die zei dan: 'Nu je al acht bent, liefje, moet je het toch echt zelf proberen.'

Ik probeerde alles wat ik maar kon bedenken, maar ik wist niet wat mammie wilde dat ik deed. Maakte het echt iets uit hoe vaak ik oom Bertie kuste en hoe lang ik tegen mijn zin op zijn schoot zat? Eerst probeerde ik voor hem te verbergen dat ik het niet fijn vond zo innig te doen. Toen hij maar bleef komen, steeds vaker, en steeds over me klikte, werd het zo vervelend dat ik alleen nog maar beleefd tegen hem was. Ik wist dat ik het niet goed deed, iedereen zei dat tegen me, maar ik kon het niet helpen.

Er was een beukenbosje achter de tuin, daarachter een wei, en tussen die twee een schuurtje; naast dat schuurtje stond mijn schommel. Ik gebruikte die bijna niet meer, want als oom Bertie erbij was duwde hij me te hard en ik had een beetje hoogtevrees. Als ik hem niet gebruikte wanneer hij er niet was, kon ik naar waarheid zeggen dat ik er niet meer mee speelde. Gewoonlijk vond ik een leugentje niet erg, maar omdat iedereen zo boos op me was vanwege hem, leek het me beter het helemaal eerlijk te spelen.

Het had geregend, weet ik nog, het gras was lang en nat. Ik had mijn rubberlaarzen aan en een rok waar Hathers gek op was maar waar ik stiekem een hekel aan had. Het was augustus; oom Bertie en ik waren paddestoelen aan het zoeken. Zoals gewoonlijk had ik niet mee gewild, ik kon zien dat hij nog boos op me was. Toen we bij de open plek en de schommel kwamen, zei hij: 'Ik zal je duwen, dan maken we het weer goed.'

Hij had een heel aardig gezicht, knap en blond met ogen die echt schitterden en een snor. Ik denk dat hij zo ongeveer achtendertig was. Hij was de stiefbroer van mijn moeder. Hij was in zaken, geloof ik. Maar die middag zag hij er raar uit, zijn gezicht stond strak, ik vertrouwde hem niet. Ik weet niet wat er die morgen in huis was gebeurd, maar hij was erg boos. Hij probeerde me te pakken om me op de schommel te dwingen. Ik rende eromheen, vlugger dan hij, en trok de schommel naar me toe. Toen duwde ik hem terug naar hem toe, en raakte hem hard op zijn borst.

Hij was woedend. Ik had nog nooit zoiets gedaan en wist niet wat er nu zou gebeuren. Ik stond hem aan te staren in de verwachting dat de grond zich onder me zou openen en me rechtstreeks naar de hel zou sleuren. In plaats daarvan sprong oom Bertie op me af en sleurde me naar de schommel. Daar ging hij zitten, met mij die nog verstard was van schrik, en gaf me een pak slaag. Ik was nooit eerder geslagen. Geen klap en geen stomp, zelfs niet van een ander kind. Ik was zelfs zelden uit aardigheid aangeraakt. Ik was onaanraakbaar geweest, en nu sloeg hij me ineens hard, onder mijn rok, het natte gras bewoog heen en weer onder de schommel, de stof schoof over mijn gezicht en ik wist niet hoe ik nog verder moest leven. Hij moet me heel hard geslagen hebben, want het deed nog dagen pijn en er waren ook blauwe plekken. Toen hij ophield kon ik me niet bewegen. Ik wilde wegrennen, maar ik kon me niet bewegen. Ik bracht een raar geluid voort, als een verstikte snik.

'We kunnen ons beter verstoppen,' zei hij, 'voor je nog erger in moeilijkheden komt.'

Daarop nam hij me mee het schuurtje in, hield me heel stevig tegen zich aan, streelde mijn haar en praatte aardig tegen me. Ik vroeg me almaar af wat mammie zou denken als ze wist hoe stout ik geweest was na al die keren dat ze me had gevraagd om lief te zijn. En ik maakte me zorgen om Hathers, die het toch ook niet kon helpen dat ik zo stout was geweest. En daar zat ik nu in het schuurtje, gekastijd, net als in de bijbel. Het leek of we daar uren zaten, tegen elkaar aangedrukt, en oom Bertie zei dat het goed was, dat we nu vriendjes waren, dat mensen soms eerst ruzie moesten maken om echt vrienden te worden. Ik weet nog dat ik hem heel dankbaar was omdat hij er niets van zou zeggen, en omdat hij niet harder geslagen had en omdat ik me met hem in het donker kon ontspannen en me niet voor iedereen verantwoordelijk hoefde te voelen.

Daarna bleef hij even vaak op bezoek komen, maar nu waren we vrienden; we gingen samen wandelen en maakten legpuzzels en 'verstopten' ons in het schuurtje in het bos, waar we rustig konden praten. Behalve Hathers was hij de enige die echt notitie van me nam en hij was heel aardig. Hij hielp me met mijn catechismus en bracht boeken voor me mee – ik biechtte op dat ik niet leesblind was en hij beloofde het niet te verklappen – en hij vertelde me verhalen over de tijd dat hij goudzoeker was geweest in Australië en over de inboorlingen daar. En ik was bij iedereen weer zeer in de gratie.

Het werd zomer, we gingen verschillende keren samen zwemmen en picknicken, we hadden veel pret. Maar op een dag maakten we weer ruzie. Het was een kille dag en ik was te lang in de rivier gebleven. Mijn tanden klapperden toen ik eruit kwam, ik kon mijn hemdje haast niet aankrijgen. Oom Bertie bood aan me te helpen met aankleden, wat ik weigerde. Hij zei: 'Kom nou, je bent toch niet verlegen voor je eigen oom?'

Ik weet niet waarom ik het zei, het flapte er zomaar uit. Ik zei: 'Je bent mijn oom niet!'

Ik kon niet ontcijferen hoe hij toen keek, het was te gecompliceerd. In dat onderdeel van een seconde liet hij zijn gevoelens blijken, hij was gekwetst en boos en nog veel meer. Zijn stem klonk heel vormelijk toen hij sprak.

'Kom hier.'

Ik dacht dat hij me weer ging slaan, maar ik wist dat ik het verdiende, omdat mammie had gezegd dat ik nooit mocht laten merken dat ik het wist.

In plaats daarvan droogde hij me helemaal af en kuste me toen op allerlei verschillende plaatsen wat ik niet fijn vond. Hij kuste maar en kuste maar, en tussendoor keek hij me steeds in de ogen en zei: 'Zo, schaam je je nu nog voor je oom?'

Ik wilde niet dat hij me aanraakte als ik geen kleren aanhad, ik had het heel koud, ik bibberde, ik schaamde me voor mezelf. Toen kleedde hij me aan en hield me tegen zich aangedrukt, en het was weer een beetje als daarvoor, en hij zei telkens weer: 'Ik ben familie van je.'

Toen ik thuiskwam waste ik al zijn kussen van me af en schrobde mezelf met spons en puimsteen. Toen mammie me die avond welterusten kwam zeggen, gaf ze zoals altijd een vluchtige kus op mijn voorhoofd en zei: 'Bertie leek vanavond aan tafel helemaal van streek over iets, je moet echt lief tegen hem zijn hoor, het is zo fijn als je dat bent.' Toen wist ik dat het net zoiets was als selderij of tapioca, iets waar je aan moest wennen en doen alsof je ervan hield.

Zo gingen de maanden voorbij, heel mijn negende en tiende jaar; oom Bertie kwam me opzoeken en nam me mee naar het bos in de zomer en naar het schuurtje achter het bos in de winter. Als ik bedenk hoezeer ik nu gesteld ben op het nieuwe en onverwachte, verbaast het me dat ik daar als kind zo weinig mee op had. Hathers en ik zaten altijd in het midden van dezelfde rij achter in de bioscoop, we hadden 'ons' tafeltje in de tearoom en bepaalde vaste routes door de tuinen en parken. Als er iets nieuws werd geprobeerd in het schuurtje, dan hield ik daar niet van. Ik wist echter dat oom Bertie altijd aardig bleef zolang ik niet ging huilen of klagen.

Men zegt wel van kinderherinneringen dat alles met de tijd fysiek groter lijkt te worden. Oom Bertie was dan een uitzondering. Ik heb vaak met belangstelling geluisterd naar meisjes die zich de eerste keer herinnerden dat ze een penis in erectie zagen. Je hoort dan van een mengeling van gevoelens – angst, lust, verbazing, verrassing, afkeer. Ik was geshockeerd toen mijn oom voor de eerste keer zijn broek openmaakte, omdat dat iets leek dat je alleen op het toilet hoorde te doen. Het duurde een paar weken voor ik zelfs maar merkte dat er iets raars in zat. Ondanks alles wat er die tweeënhalf jaar gebeurde, bleef ik in technische zin maagd.

Het was kort voor mijn tiende verjaardag dat we het helemaal deden, hoewel ik ook daarbij maagd bleef. Ik was me in die tijd aan het voorbereiden op mijn eerste communie en ik was geobsedeerd door het idee van zuiverheid. Dat voortdurende 'verstoppen' van ons zat me geweldig dwars; geheimen waren één ding, vond ik, maar je echt verstoppen was slecht. Op een dag legde ik mijn oom die twijfels voor, waarop hij me een lesje gaf over groot worden en de ware aard van de zonde. Het kwam erop neer dat hij me vertelde dat bepaalde dingen gedaan moesten worden, maar dat er nooit met anderen over mocht worden gesproken. Daarna legde hij van alles uit over kindjes krijgen en ongesteld worden en andere dingen waar ik vaag van wist maar geen duidelijk idee over had. Hij sprak heel nadrukkelijk over de puberteit en de noodzaak om dan de geslachten gescheiden te houden. Ik luisterde gefascineerd maar zonder hem helemaal te geloven, naar zijn angstwekkende verhalen over huwelijksnachten en tienerzwangerschappen. Hij beweerde dat er een vrijwel wereldwijde samenzwering bestond om alles over seks met kleine meisjes, wier enige hoop om te worden ingewijd lag bij verlichte geesten zoals hij, dood te zwijgen. Zodra we met verstoppen begonnen waren, had oom Bertie me tot zwijgen en volstrekte trouw verplicht. Hij moet geleefd hebben in een wereld waarin elke andere man een potentiële kinderverkrachter was, want hij waarschuwde me om iedereen op een afstand te houden, van oom Jeremias tot de portier van de bioscoop.

Die dag werd er niet gefriemeld in het donker. Ik zei dat ik keelpijn had, ging vroeg naar bed en dacht na over de betekenis van zijn woorden. De zonde, zo leek het, zat niet in het doen, maar in het praten erover. In weerwil van die geruststelling vond ik het nodig het ook nog van een ander te horen. Drie keer in de week ging ik naar mijn communieklasje, of liever één keer in de week, want de andere keren kwam pater Ingot bij mij. Pater Ingot kon mensen aankijken op een manier die zo indringend was dat je je er fysiek ongemakkelijk door ging voelen. Een van zijn favoriete zinnetjes was: 'Ik lijd om jou, kind,'; dat ging vergezeld van zo'n onderzoekende en diep gekwelde blik. Al in het begin van de communievoorbereiding had pater Ingot duidelijk gemaakt dat de zuivering van onze zielen het enige was waar hij voor leefde. Omdat hij twee keer in de week alleen voor mij kwam, begon ik mezelf verantwoordelijk te achten voor het verlichten van zijn niet geringe pijn. Hij had bij verschillende gelegenheden laten doorschemeren dat een biecht – onofficieel – van eventuele misdragingen veel zou doen om zijn lijden te verzachten.

In de maanden dat zijn klasje duurde, zette ik al mijn pekelzonden van ettelijke jaren op een rij en biechtte die netjes. Niet alleen was hij niet onder de indruk, hij leek zelfs teleurgesteld. Ik lag 's nachts wakker, terwijl ik luisterde naar het zachte gesnurk van Hathers in de kamer naast de mijne, en me afvroeg wat ik toch kon doen om die heilige blik buiten werking te stellen. Ik verzon een paar kleine zonden en biechtte die. Weer leek pater Ingot te vissen naar een meer bepaalde, onbegrijpelijke bekentenis. Achteraf realiseer ik me dat hij wilde weten of ik met mezelf speelde. Destijds begreep ik niets van zijn bedekte toespelingen en zijn diepe en gekwetste blikken.

Toch drong er iets van zijn geloofsijver tot me door, want het was vanwege zijn driemaal per week herhaalde zedenpreek dat ik mijn oom vragen was gaan stellen. Na ons gesprek onder vier ogen over seksuele zaken, besloot ik bepaalde dingen die hij me verteld had na te trekken. Ik begon bij Hathers, die grote weerzin had om het onderwerp zelfs maar te benaderen. Ik wees haar erop dat ik nu tien was, en dat ik niemand had behalve haar om iets van te leren. Ik redeneerde dat ik me weliswaar zonder officieel onderwijs door het leven kon slaan (zelfs desnoods als analfabeet), maar dat ik wel hoorde te weten hoe het zat als het waar was dat ik ooit 'ongesteld' zou worden. Hathers was geheel ontdaan.

'Hoe kom je aan al die ideeën?' vroeg ze; ze leek ineens jaloers, alsof ik stiekem zonder haar naar de bioscoop was geweest en toevallig 'een van die Zweedse films' had gezien, zoals zij ze noemde. Ik verzekerde haar dat ik alleen maar wat praatjes had opgevangen van de andere kinderen in het communieklasje en dat ik uit haar eigen mond wilde horen of het waar was wat ik gehoord had. Hathers schraapte haar keel.

'Ros, liefje, zei je niet dat het theetijd was?'

'Het is halftien,' zei ik vriendelijk maar beslist. Hathers liet haar vingers afwezig door haar grijzende haar gaan en schoof ongemakkelijk in haar stoel heen en weer.

'Ga dan even zitten en vertel nog eens over *Duck Soup* – er is nog veel dat we daarin moeten begrijpen.' Hathers, de schat, rekende mij altijd mee als zij weer eens door onbegrip werd overspoeld. Een week of vijf eerder waren we voor onze rituele donderdagmiddagvoorstelling op de bus gestapt naar het stadje in de buurt en hadden we de Marx Brothers gezien in *Duck Soup*. De uitwerking op mijn metgezellin was bijna fataal geweest. We hadden tot laat in de avond opgezeten en geprobeerd de stroom van absurde grappen in te dammen tot een eenvoudige orde die kon worden gecatalogiseerd en opgeslagen in Hathers' hoofd, ergens tussen de C van *Casablanca* en de E van *East of Eden*. Daarna waren we dag na dag teruggeweest om de film nog eens helemaal te zien. Dat hielp echter allemaal niet, want hoe meer we zagen van Harpo's en Groucho's grollen, des te completer raakte ze in de war. Langer dan veertien dagen dreigden de golven van haar ongerustheid een springvloed te worden, die ons allebei zou meesleuren in een soort zenuwinstorting. Daarna kalmeerde de verontrusting tot louter rimpelingen en een aantal extra zittingen, zoals die waar Hathers me nu toe uitnodigde.

Ik zei: 'Ik weet wat het is om je zorgen te maken over dingen die je niet begrijpt; nu wil ik weten wat het is als je groot wordt en gaat bloeden.'

Ik ging ervan uit dat ze zo'n beroep op iets verwants moeilijk kon weigeren, na al de tijd die ze zelf had doorgebracht in een wazige en verklaarde staat van duisternis. Daarna werd ze langzaam vlekkerig vuurrood, staarde naar haar lelijke, 'verstandige' schoenen en begon te praten.

'Dit is wel heel vervelend allemaal, ik snap niet dat je het niet hebt begrepen, ik heb nog wel zoveel moeite gedaan vorig jaar, of het jaar daarvoor, herinner je je dat nu niet, Rosalind, over de paarden?'

Vaag herinnerde ik me een eerder gesprek, toen Hathers stuntelig een hoogst onwaarschijnlijk verhaal had verteld over de paarden achter het bos die verliefd werden en gingen trouwen en toen op elkaars rug mochten zitten en kindertjes kregen. Ik had me toen een tijdje extra zorgen gemaakt om Hathers en haar de hele dag warme kruiken en extra kopjes thee gebracht. Ze had vreselijk gebloosd toen ze over de paarden vertelde, het verhaal raakte haar blijkbaar op een manier die mij geheel ontging. Ik herinnerde me nu ook haar smeekbeden van toen. 'Je begrijpt toch wat ik zeg, Ros?' had ze gevraagd, handenwringend en met zo'n vertrokken gezicht dat ik vreesde voor haar verstand. 'Ja natuurlijk,' loog ik, om haar zo goed ik kon te kalmeren.

'Beloof je me, beloof je echt dat je het begrijpt?'

Dat beloofde ik dus, zonder te weten wat ik beloofde, behalve dan dat ik haar hardnekkige fantasieën goed was gezind. Als Hathers zo nodig wou geloven dat paarden elkaar op hun rug de wei ronddroegen en naar de dorpskerk dartelden met witte kanten sluiers om, om hun catechismus en hun credo op te zeggen, dan wilde ik best zeggen dat het zo was als zij zich daar prettig door voelde.

Nu, twee jaar later, kreeg ze tranen in haar ogen en voelde ze zich schuldig voor wat ze als weer een bewijs van haar onvermogen hield.

'Maar je herinnert je de paarden toch wel, liefje?'

Ik neem aan dat ze vanuit haar gezichtspunt gelijk had. Ze had geprobeerd me vrijzinniger op te voeden dan ze zelf was opgevoed. Ze had haar onmetelijke remmingen overwonnen en in haar gevorderde ongehuwde staat de bijtjes en de bloemetjes uitgelegd aan een achtjarige die geen idee had waarover ze sprak en daardoor de kans had laten liggen op een vroege seksuele voorlichting. Of liever, die daardoor zonder waarschuwing in een wereld van misbruik was gegleden, het toegelaten misbruik door een rusteloze oom. Toen Hathers die keer over de paarden had verteld, had ze veel nadruk gelegd op het huwelijk. Op iemands rug zitten mocht alleen als je getrouwd was.

Het was toen geen moment bij me opgekomen dat ze bedoelde dat haar verhaal ook opging voor mensen, en in het bijzonder voor mij. Zoals het bij haar waarschijnlijk geen moment in haar bijziende onschuld is opgekomen het geslacht van de paarden in onze wei te controleren. Dat waren immers allebei merrie's, en Hathers' scenario had alleen gerealiseerd kunnen worden door zoiets als een onbevlekte ontvangenis voor paarden of, minder vergezocht, door kunstmatige inseminatie. Ik had het hart niet haar dat te vertellen. Onder al haar verlegenheid kon ik zien dat ze trots was dat ze een zelf waargenomen feit had kunnen doorgeven. Ooit moest Hathers in haar vroegere leven – wanneer precies heb ik nooit kunnen achterhalen – met haar eigen ogen het verbazende tafereel van een seksueel opgewonden hengst hebben aanschouwd en deze ene keer was ze in staat geweest zonder hulp het verhaal af te maken.

'En de ongesteldheid dan?' vroeg ik.

Er werd gesproken over maandverband en over de vermoedelijke leeftijd waarop ik daarvan voor het eerst gebruik zou moeten maken. Daarna spraken we er nooit meer over, ook niet over seks. Zelfs toen ik werd ontdekt onder mijn oom, zag Hathers kans te doen alsof er niets was gebeurd.

William heeft haar nooit ontmoet; ze stierf in het jaar voor we trouwden. Vanaf het moment dat ik begon te acteren, beweerde Hathers dat ze zich minder 'nuttig' voelde. Een tijdje wijdde ze zich aan breien en vervaardigde een enorm aantal extra brede sjaals. Die waren gemaakt van een grove Aran-wol, die ze met de hele partij had gekocht toen de wolwinkel in ons stadje werd gesloten. Ofschoon ze nooit verder kwam dan een recht een averecht, ontdekte ze de manier om het aantal steken in het midden zo te meerderen dat het eindproduct eruitzag als een geweldige cummerband. Hoewel ik veel moeite deed om het ongemak van het dragen van een priksjaal van meer dan een meter breed te verbergen, leek Hathers te merken dat ik niet nog meer gebreide geschenken wilde. Twee keer in de week werd ik voor een bezoek naar haar toegereden en elke week had ze een nieuwe sjaal voor me klaar. Ik denk dat ik mijn acteren ook aan haar te danken heb, want ik speelde altijd scènes uit films voor haar om haar te helpen ze te begrijpen. Ik was Susan Hayward en Elisabeth Taylor en James Dean. Ik speelde alle hoofdrollen daarboven in de kinderkamer en ik vond het heerlijk. Zelfs mammie waardeerde mijn spel. Met

Kerstmis en als er gasten waren voor het weekend, werd er altijd charade gespeeld. Lang voordat ik 's avonds met haar beneden at, werd ik al speciaal geroepen om aan die spelletjes mee te doen. Maar boven werd ik door Hathers verkleed met sjaals, dat was het leukst.

Ik miste Hathers heel erg toen ze dood was. Ik miste al haar malle gewoonten en de fantastische dingen die ze zei. Ik miste de geborgenheid en het van de hak op de tak springen, het nooit weten waar een gesprek nu weer heen zou gaan, maar ook het besef dat er altijd iemand aan mijn kant stond, wat die kant ook was. Ik was aan het filmen in Spanje toen Hathers stierf aan influenza, maar ik geloof dat haar laatste woorden waren: 'Ik zal God vragen naar de Marx Brothers.'

6 *Rosalind*

Op mijn tiende, toen de communieklas een steeds grotere plaats in mijn leven ging innemen, bleef pater Ingot aandringen op een biecht. In een van de muffe boekwerken die ik uit de bibliotheek naar boven had gesmokkeld, had ik gelezen dat doodgedrukt worden ooit de straf was voor wie niet wou reageren op een aanklacht wegens hoogverraad. Als iemand dus in staat van beschuldiging werd gesteld en niet wilde zeggen of hij schuldig was of niet, kreeg hij genoeg water en brood om in leven te blijven, maar er werd een ijzeren gewicht op zijn lichaam gezet. Het slachtoffer lag dan op een stenen vloer; elke dag werd hij opgeroepen om te spreken. Weigerde hij, dan werd het ijzeren gewicht verzwaard, net zo lang tot de geplette persoon stierf of bekende. Pater Ingot leek me een nieuwe versie van die methode op mij toe te passen. Hij drukte me neer met het volle gewicht van zijn heiligheid.

Na nog een discrete ondervraging van een van de meisjes van het klasje, en vervolgens apart van een van de jongens, was ik overtuigd geraakt van de juistheid van de beweringen van oom Bertie. In hetzelfde boek over martelingen van weleer had ik gelezen dat een huisvader zich soms liever liet dooddrukken dan door te spreken al zijn bezittingen door de kroon in beslag te zien nemen. Ik verbeeldde me dat ik, vastgenageld onder het gewicht van oom Bertie en neergedrukt door de blik van pater Ingot, toch moedig verkoos te zwijgen om mijn familie de schande te besparen.

Dus droeg ik mijn witte zijden jurk met Brusselse kant en schreed met de andere kinderen van mijn leeftijd naar het altaar in de kerk van de H. Maria, we knielden, we kregen de zegen en ontvingen door het sacrament des altaars het lichaam van Christus in onze lichamen. En we kregen te horen wat een voorrecht dat was. Daarna ging ik naar huis, kleedde me uit en trok mijn spijkerbroek aan. Oom Bertie, die voor de plechtigheid was overgekomen, kwam me halen om ons te verstoppen en ik ontving ook zijn lichaam; maar ik had nieuwe hoop op verlossing gekregen. Ik hoefde alleen maar te bidden dat ik ongesteld zou worden, want dan zou hij me met rust laten. Hij had zelf gezegd dat ongesteldheid onrein was, dat een kind daarna niet aangeraakt hoorde te worden tot het weer gereinigd was door het huwelijk. Ik hoopte vurig dat de viezigheid gauw zou komen. Ik sloot mezelf op in de badkamer om zijn aanrakingen af te schrobben en te bidden om het vieze onderbroekje dat mijn enige redding was van die andere slijmerigheid.

Ik speelde steeds minder met de kinderen uit het dorp. Ik verstopte me zo vaak en had zoveel te verstoppen dat ik nauwelijks meer tijd voor spelen leek te hebben. Ik las veel in mijn bijbel en bracht menig manisch uurtje door boven mijn legpuzzel. Ik was ten prooi gevallen aan een aantal irrationele angsten. Ik had een manier ontdekt om alles wat pijn deed als ik met mijn oom was te vergeten en alleen de plezierige prikkelende momenten te onthouden, en de gevoelens van welbehagen die me zo nu en dan bekropen als hij me heel innig knuffelde. Toen begonnen de nachtmerries, die me dwongen telkens opnieuw de dingen door te maken die ik me niet wilde herinneren. Als ik uit die boze dromen – nachthengsten eigenlijk – wakker werd, deed alles me pijn, erger zelfs dan wanneer mijn oom er echt was. Dan lag ik in bed te fantaseren hoe ik op een dag zou worden zaligverklaard, zoals de heilige Beatrijs en de heilige Teresia, vanwege de offers die ik had gebracht en mijn geduld. Op een dag, zei ik tegen mezelf, zou mijn vreselijke goedheid worden erkend en zouden de mensen tegen me zeggen dat ik het goed had gedaan.

Ik had een tekst gevonden in de sacristie. Het was er zomaar een uit een stapel vergeelde teksten met ezelsoren, maar hij leek op mij van toepassing. Telkens als ik mijn ogen voelde prikken en het vreemde gevoel van hulpeloosheid door me heen voelde trekken, las ik hem over: 'Gehoorzaamt uw voorgangers en onderwerpt u, want zij zijn het, die waken over uw zielen, daar zij rekenschap zullen moeten afleggen. Laten zij het met vreugde kunnen doen en niet al zuchtende...'

Negentientweeënzestig was een slecht jaar. Er moeten toen ook goede dingen gebeurd zijn, maar ik kan me er niet één herinneren. Alles leek even slecht. Mijn konijn stierf in zijn hok aan een geheimzinnige ziekte en de appels in de boomgaard vielen te vroeg af, zodat ze niet te eten waren. Uit onze oven in de kinderkamer sloeg een steekvlam in Hathers' gezicht toen ze op een middag met een breinaald in een chocoladecake prikte, en verschroeide haar wenkbrauwen. In Hope Bay aan de kust bij ons in de buurt zonk een boot in de storm en de veerdiensten over Het Kanaal werden verscheidene dagen stilgelegd. Vervolgens werd, als door een goddelijke hand, het houten schuurtje in de tuin weggeblazen en in zijn geheel in de paardenwei neergekwakt, waar het versplinterde tot een hoopje rotte planken. De vernietiging van dat schuurtje was het griezeligste dat me ooit was overkomen. Voor het eerst drong het tot me door dat ik niet de enige was die in een netwerk van leugens leefde. Ondanks alle beweringen van oom Bertie en alle preken van pater Ingot, wist ik door die ene wrekende windvlaag dat God niet goedkeurde wat wij deden. Had hij het goedgevonden, dan zou hij het schuurtje hebben gered, beschermd tegen de storm, niet stukgemaakt. Ook toen mammie en de anderen ons ontdekten en zo duidelijk ontdaan waren, was dat lang niet zo erg als dat eerste, goddelijke blijk van afkeuring. Zij konden me alleen maar het gevoel geven dat ik uit de gratie was en teleurgestelde blikken op me werpen, maar God had de macht mij in het hellevuur te werpen, of, erger nog, te maken dat ik geen heilige zou worden.

De consequenties van de storm leken eindeloos. Ik werd mager van het piekeren. Ik was al eerder vermagerd, maar nu werd er een dokter bijgehaald. Hij schreef me vitamine B, een versterkend middel en een paar dagen bedrust voor. Ik ging regelmatig biechten, maar nu begon ik wanhopig 'ik heb gezondigd, vader' door het traliewerk te zuchten, zonder mijn zonde onder woorden te kunnen brengen; ik wist alleen maar dat ze er was en als vuile mist of kunstharslijm in een walgelijk laagje aan me vastkleefde. Ik probeerde hem en mammie te vertellen dat ik me verstopte en dat verstoppen slecht was. Mammie zei dat er niets was om me bezorgd over te maken als ik me moest verstoppen van oom Bertie. Maar ik bleef bezorgd. Toen later de deur van het zolderkamertje open vloog en mammie begon te roepen, voelde ik me bijna opgelucht.

'Wat doe je daar in 's hemelsnaam, Bertie?' riep ze. Pas toen kreeg ze mij in het oog, die naakt onder hem lag. Mammie en Hathers stonden stokstijf in de deuropening, het leek of ze niet meer voor- of achteruit konden. Om de een of andere reden was oom Jeremias erbij, en die kwam in actie. Hij sloeg oom Bertie op zijn gezicht, duwde hem van me af en pakte toen mij beet. Ik dacht dat hij mij ook ging slaan, daarom sloeg ik mijn handen voor mijn gezicht en smeekte hem dat niet te doen. Toen hij me zo in elkaar zag krimpen, moet hij gedacht hebben dat Bertie me ook had geslagen. Dat bracht me in de war, want hij had me maar één keer een pak slaag gegeven en misschien later nog weleens een paar klappen, maar alleen als ik lastig was.

Er werd een dokter bijgehaald, mijn dokter die me in mijn nachtjapon onderzocht en dezelfde dingen deed als mijn oom. Hij zei dat het goed was, net als oom Bertie altijd zei, zodat ik echt dacht dat iedereen het voortaan zou doen en dat oom Bertie toch gelijk had gehad. Mammie was erbij in de kamer en ze huilde, maar ze wou niets zeggen en ze keek me ook niet echt aan.

De dokter zei: 'U mag God danken, mevrouw Palliser, dat alles goed is met haar. Er is niets gebeurd.'

Toen gingen ze weg. Terwijl ze de deur uitliepen, hoorde ik de dokter zeggen: 'Als je bedenkt wat er had kunnen gebeuren, heeft u bijzonder veel geluk gehad... net op tijd. Een vreselijke zaak.'

Ik lag in bed naar Hathers te kijken die jachtig rondliep in de kamer, mijn ondergoed verschikte in de ladenkast en om de paar seconden smekend haar geschroeide gezicht naar mij toe wendde. Ik voelde aan dat ze wilde dat ik me zou vermannen en weer de leiding nemen, zoals ik altijd deed, dus stelde ik een kopje thee voor dat ze dankbaar ging maken.

Nog jaren heb ik me afgevraagd wat dat andere was dat gebeurd had kunnen zijn. Ik vroeg me ook af hoe ze mijn jaren in het schuurtje 'niets' konden noemen. En ik vroeg me af hoe het kon dat ik tegelijkertijd gered en veroordeeld was. Mammie weigerde ooit nog over de zaak te praten. Wat oom Bertie betreft, diens naam werd niet meer genoemd, ook niet toen hij allang weer naar Australië was gegaan. Onze hele familiegeschiedenis werd herschreven zonder hem. Het was of hij en de herinnering aan hem de vierde dimensie was ingeglipt. Soms stelde ik me hem voor als een van de zeelieden van Columbus die over de rand van de aarde in de ruimte was gevallen. Ook kwam de gedachte bij me op dat er daar nu ergens in New South Wales kleine Australische meisjes leerden zich te verstoppen, net als ik. Voor hen hoopte ik dat ze hun puberteit zouden bereiken zonder te worden ontdekt door verontwaardigde buitenstaanders. Het betrapt worden leek bijna nog erger dan wat ik had gedaan. Wat had ik gedaan? Wat had ik verkeerd gedaan?

Langzamerhand werd het me, net als mijn moeder, allemaal te traumatisch en ik begon het te verdringen. Jarenlang behandelde ik mijn relatie met oom Bertie alsof het een van de vele films was die ik had gezien. Het enige dat die film onderscheidde van de honderden andere was dat het de enige intrige was die we nooit bespraken in de kinderkamer, het enige scenario dat ik nooit aan Hathers hoefde uit te leggen.

Als kind ging ik soms naar het strand, meestal in Folkestone, soms ook ergens anders. Ik hielp Hathers dan met het verzamelen van gekleurd glas. Ze was zo gek als een ekster op dat spul. Tevreden kon ze urenlang het zand afzoeken, zo nu en dan bukkend om een flonkering van groen of rood of het zeldzame blauw op te rapen. In de kinderkamer stond een stel grote glazen potten die geleidelijk vol raakten met die ronde scherfjes, bijgeslepen en achtergelaten door de zee. Als kind verzamelde ik nutteloze stukjes informatie en koesterde die zoals Hathers haar stukjes glas. Ik ontdekte een heer uit de tijd van Victoria die bang was dat hij een glazen achterste had, dat door de lichtste tik of schok zou verbrijzelen. Ik vergeleek zijn lot met dat van de heiligen en martelaren, en verbaasde me erover hoeveel sommige mensen moesten lijden, mezelf inbegrepen.

Nog lang nadat oom Bertie was verdwenen, lang nadat ik was opgehouden met wachten op een briefkaart uit het land van de tegenvoeters, die me zou uitleggen wat ik verkeerd had gedaan of zelfs alleen maar de groeten zou doen, bleef ik mezelf kwellen met gevoelens van berouw en schuld. Ik begon oude verhalen over processen te lezen, herlas de geschiedenissen van de martelaren en stelde me voor dat ik op hun pijnbank lag en door hun vlammen werd verteerd. Ik sloot mezelf op in de wc en huilde daar in stille hysterie om de doodsnood van Lady Jane Grey of de moed van een onbekende krijgsman. Ik huilde om hen en om mezelf en verlangde naar een ander die met me mee zou huilen.

Ik las met gefascineerde ontzetting over de dood door ophanging of zelfmoord van gevallen vrouwen. Zij waren onteerd, ik was ook onteerd. Ik droomde dat ik lag opgebaard op de lange marmeren graftombe in onze kerk waarop de beeltenissen van een vijftiende-eeuwse kasteelheer en zijn gade in albast waren uitgehouwen. Ik droomde dat de hele parochie de laatste eer kwam bewijzen en dat mijn moeder berouw toonde over haar afwezigheid en haar onbegrip voor wat ik nodig had. En ik stelde me voor dat oom Jeremias, die me daar op zolder zo ruw van de matras had getrokken, knielde en huilde. In werkelijkheid had oom Jeremias de gewoonte ontwikkeld om me nooit recht aan te kijken en iets te mompelen als 'arme, kleine donder' wanneer hij me zag. Hij had me een shilling gegeven en gezegd dat ik bij Hathers moest blijven, alsof Hathers de macht had om mij te beschermen. Zelfs oom Bertie kwam voor in die droom, in ketenen teruggesleept uit de Stille Zuidzee; als hij dan langs mijn uitgeteerde lijk kwam, boog hij zich over me heen en fluisterde: 'Ik vergeef je', waarop ik mijn dode gezicht haast voelde glimlachen, zo heerlijk was die verlossing. Dan kwam Hathers, onbeheerst snikkend en naar adem snakkend, zoals altijd wanneer zij huilde. Ik probeerde haar dan sereen achter in de kerk te laten staan, in het zwart, waarbij ze zich vastklemde aan de rugleuning van een bank om overeind te blijven. Maar het verdriet van Hathers kende geen grenzen, zelfs niet in mijn droom; hoe ik ook probeerde de opstelling te veranderen, ik kon haar niet met snikken laten ophouden. Altijd moest ik dus wakker worden en de realiteit van de koude morgen of de donkere nacht onder ogen zien. Ik kon haar niet in haar eentje laten huilen. Zij leek mij meer nodig te hebben dan ik de verontschuldigingen en de lof nodig had.

Toch heb ik door de jaren heen de behoefte aan lof altijd gehouden. Er ging geen dag voorbij of ik wilde opnieuw bevestigd zien dat ik goed was en mooi en dat ik kon maken dat mensen mij aardig vonden. William zei altijd dat hij niet kon begrijpen hoe iemand die zo mooi was en zoveel succes had als ik zo onzeker van zichzelf kon zijn. De helft van de tijd begrijp ik het zelf niet. Toch is het zo. Ik hoorde dat er nog tot negentienachtenvijftig in Amerika een regel bestond, de Hays Code, die voorschreef dat in elke gefilmde liefdesscène de man te allen tijde één voet op de grond moest houden. Later trof het me dat ik ook zo de liefde bedreef, dat er altijd iets werd achtergehouden, vastgezet, kunstmatig en bijna belachelijk moeilijk gemaakt.

Misschien was dat het wat mij meteen aantrok in Candy toen ze kwam solliciteren als kindermeisje: haar ijdelheid en haar razende behoefte om veroveringen te maken. Ik voelde onmiddellijk een zekere verwantschap. William was ontsteld door mijn keuze. 'Wat heeft zo'n doordeweekse schoonheidskoningin die twee zwijgende meisjes van ons te bieden? Het kost haar vast elke dag uren om zich op te maken – wat heeft ze dan nog voor tijd over voor de tweeling?' Ik wist van het begin af aan dat William Candy nooit echt zou begrijpen, maar dat ik haar wel begreep. Zoals niemand Hathers ooit naar waarde had weten te schatten, behalve ik. Soms is in een baan een zekere onbeholpenheid nuttig. De tweeling had vrijheid nodig om zich te kunnen ontwikkelen. Niets wat een ander deed, behalve vriendelijk zijn, de meisjes te eten geven en ze in de kleren steken, kon werkelijk tot hen doordringen zolang ze er zelf niet klaar voor waren. Ik dacht dat Candy hen niet zou bedelven onder ongewenste aandacht, terwijl ze in naam toch de verantwoordelijkheid had. Ik zag wel in dat ze waarschijnlijk niet geschikt was voor de meer aardse taken zoals thee zetten en de kinderkamer opruimen, maar daarvoor hadden we altijd nog mevrouw King, de werkverslaafde. Eigenlijk denk ik dat het vooral de ontdekking was van een wanhopige vrouwelijke geest, gevangen in haar eigen dilemma, die mij ertoe bracht Candy in huis op te nemen en haar daar zoveel jaren te houden. In feite waren het maar vijf jaar, maar het leek wel een heel leven, als je let op de dagen en de rimpels en als je vleierij doorziet als bedrog.

William zei soms: 'Dat meisje is volstrekt waardeloos. Ze voert nooit een klap uit.'

Ik wist dat Candy dat beledigd zou hebben ontkend, omdat ze soms werkte als een paard. Willie kon alleen maar niet inzien hoe hard ze haar best deed, of begrijpen hoeveel energie ervoor nodig is om elke dag een andere man het hoofd op hol te brengen.

De meeste vrouwen die verliefd zijn geweest of zich zelfs maar tot iemand aangetrokken hebben gevoeld, kennen het soort innerlijke paniek dat daarmee gepaard gaat. Er zijn er niet zoveel die het roofdierentrekje hebben dat hen de straat opdrijft om te gaan jagen en lokken. Als je het zo zegt, klinkt het als gewone prostitutie, maar het is juist een drang die ophoudt waar de prostitutie begint. Toen ik dat ooit aan William probeerde uit te leggen, vond hij het heel moeilijk te begrijpen, niet in de laatste plaats omdat hij niet inzag waarom ik mijn huis zou willen delen met een mededingster. In de praktijk was er geen rivaliteit tussen Candy en mij: zij wilde iemands lichaam, ik iemands geest. Zo nu en dan moet ik nog steeds mijn vaardigheid uitproberen; ik meet me dan met een volslagen vreemde, wind hem om mijn vinger voor een uur of een dag of een week, en wil daarna niet meer aan mijn zwakheid herinnerd worden. Ik zou het liefst zien dat alle slachtoffers van mijn experimenten meteen verdwenen. Het was het ergste als ik werkte, want dan kregen die oude veroveringen steeds weer rollen in dezelfde film. Er was een cameraman bij mijn tweede film die een enorm repertoire had van gewaagde verhalen. Hij heette Tony, maar werd graag Toon genoemd. De regisseur zei altijd dat hij het peil van de set verlaagde van elke film waar hij aan meedeed, maar dat hij een briljante cameraman was. Toon was bezeten van Katharina de Grote; hij vertelde me dat zij, toen ze keizerin was, minnaars koos uit haar lijfgarde die ze bij zich liet brengen en na één nacht door een achterdeur liet weggaan. Hij beweerde dat ze na hun vertrek allemaal ter dood werden gebracht.

Ik verveelde me vreselijk onder het filmen. Vaak dacht ik dat dat kwam doordat ik niet veel te zeggen had tegen de andere spelers; omdat ik zowel verlegen als hooghartig was, lukte het me meestal wel te voorkomen dat ze me leerden kennen. Ik leefde in een droom die vaak niet eens voor mezelf toegankelijk was, laat staan voor anderen. Op een goede dag echter ging er iets mis terwijl we een heel roerend afscheid aan het filmen waren. De opnamen werden een paar minuten gestopt om het probleem op te lossen en Toon kwam dicht bij me een schandelijk verhaal staan fluisteren over Katharina de Grote die het op haar sterfbed probeerde te doen met een paard. Ik moest denken aan Hathers en haar paarden en aan de oude hengst thuis in ons dorp en het snoepwinkelvrouwtje dat hem hield, en ineens begon ik te lachen. De opnamen begonnen weer en midden in het droevige afscheid kreeg ik een lachbui die zo uit de hand liep dat ik naar mijn hotel moest worden gebracht. Tot dat moment was ik vergeten hoe je moest lachen. Ik zwoer dat ik het nooit meer vergeten zou. Daardoor veranderde ik van een verbitterd, in zichzelf gekeerd persoon in iemand met wie je bevriend kon zijn. Ik denk dat daarmee het einde werd ingeluid van de verveling – het einde van een tijdperk.

7 *William*

Waarom ging je naar Larenguebec? We gingen naar Sestri Levante omdat jij die naam op de kaart zag en aardig vond, maar Larenguebec staat niet op de kaart, ik denk ook niet dat je er ooit eerder van had gehoord, niemand leek er ooit van te hebben gehoord. Toen kwam een vriend van een vriend ons thuis in de Tanza Road opzoeken en hij zei iets over dat desolate stukje Normandië en over een leeg huis dat hij daar had gehuurd, maar waar hij geen gebruik van zou maken. Ik vroeg me toen af waarom hij er zelf niet heen ging – nu weet ik het. Jij werd er heel opgewonden van en nam het huis ongezien van hem over. Wat was er zo aanlokkelijk aan dat verlaten strand, waar niets dan zand en steen en onvrede in de overdreven grote haven gepropt zaten?

Toen deze zogenaamde vriend vertrokken was, zei ik: 'Waarom ga je daarnaartoe, Rosalind?'

'Waarom gaat een mens waar dan ook naartoe?' zei je schouderophalend; ik zag hoe de oude rusteloosheid bezit van je nam.

Er waren lange perioden waarin er een laagje over je heen leek te liggen, en andere waarin je eenvoudig verdween. Je was al een paar maanden van streek geweest; ik had zelf voorgesteld dat je eens alleen met vakantie zou gaan, ergens aan zee. Ik had niets te verliezen, je was ondoordringbaar geworden, voor mij althans. Een badplaats, goed, maar waarom Larenguebec?

Op het laatste ogenblik dacht ik erover om je tegen te houden, om op een slinkse manier je vertrek te verhinderen. Toen ik probeerde je ervan af te brengen, verstond je me geloof ik niet eens. Je zat gevangen in een ongeneeslijk soort onverschilligheid. Ik had je zo eerder meegemaakt, toen de tweeling geboren werd en later toen Amadeo bijna dood was geboren. Als een monster van onverschilligheid was je toen uit het ziekenhuis gekomen; net als toen zat je nu te staren alsof je uitkeek over zee, de horizon afspeurend naar iemand of iets wat je miste. Je leefde in een toestand van goed geordend gemis: als er geen zee was, verzon je een zee.

Buiten, in de verschroeide en verwilderde tuin, speelde de tweeling tussen het onkruid. Amadeo, twee jaar oud, zat onder een cameliastruik en hield de verbijsterde schildpad vast. Ik zag je door de schuiframen naar de kinderen staren en kreeg de indruk dat je heel iets anders zag dan ik. De tweeling keek op. De meisjes hadden een geheimzinnige neiging om alles gelijktijdig te doen, als een varieténummer. Ze kregen je in de gaten en glimlachten op die vreemde, bijna sinistere manier van hen. Ze begonnen te roepen.

'I scream, *you* scream,
we all scream for ice cream!'

Daarop volgde hun gebruikelijke gil, een wanhopige, gesmoorde schreeuw waar ik altijd hoofdpijn van kreeg. Ze lieten het klinken alsof jij in het hart zat van hun manische gedrag. Ons huis leek weer op een gekkenhuis.

In die vroege zomer, toen de zon maar van geen wijken wilde weten, zelfs niet boven Hampstead Heath en de Tanza Road, was jij echter gaan verlangen naar eenzaamheid. Daarvóór had je je altijd aan mij vastgeklampt, zozeer zelfs dat ik soms vroeg opstond en over de Heath wandelde, gewoon om een tijdje alleen te zijn. Toen begon je met alle geweld weg te willen. Het huis was voor jou vol gaan zitten met irrationele angsten. Verschillende keren had ik je huilend in de badkamer aangetroffen. Je beweerde dat het lawaai in huis je van streek maakte. De auto's die zo nu en dan langskwamen, het gegil van de tweeling, de stroom onnozel gebabbel van Candy, het eeuwige geklaag van mevrouw King, en Amadeo die zijn dertig woorden oefende als een nooit eindigende toonladder. 'Da da, zee, da da auto, da da zee.' Dat waren de hoofdelementen van zijn bestaan, die de huisgenoten uur na uur kregen ingewreven.

Zo kwam het dat je je vastklampte aan het idee van Larenguebec en je begon je op de reis voor te bereiden. Hoewel ik het zelf had voorgesteld, leek het ineens onbillijk dat je me van die reis uitsloot. We waren altijd samen geweest, dat is te zeggen tien jaar. Ik heb je nooit ergens toe willen dwingen, dus toen je zei dat je alleen moest gaan probeerde ik je zo goed mogelijk te helpen en niet te laten merken dat ik me afgewezen voelde. Toen ik echter zag dat je van plan was op reis te gaan met heel de gebruikelijke poespas eromheen, was ik zo geïrriteerd dat ik je alles zelf liet opknappen.

Als ik probeer na te gaan wanneer ik precies uit het huishouden buitengesloten werd, kom ik waarschijnlijk terecht bij de tijd dat de tweeling verkoos te gaan praten en Amadeo geboren werd. Het was of ik een buitenstaander was in een meisjeshuis. Jullie deelden pretjes en geheimen, jij en Candy en de tweeling, waarbij jullie een uitzondering maakten voor de tweeslachtige Amadeo. Ik voelde me soms de vijand. Alleen Amadeo, gehuld in witte, kanten dingetjes, met zijn stralenkrans van lange krullen, accepteerde me. Met zijn glimlach zag hij kans een honorair meisje van me te maken, zoals hij.

Dit is niet helemaal waar. Jij accepteerde mij ook, als je dat wilde. Er waren dagen dat ik Willie of Jimmy of de voetbalsupporter was, en dan was ik de jouwe; er waren ook dagen dat je me aankeek en ik je je door je zwijgen heen hoorde afvragen: 'Wie ben jij eigenlijk?'

De meisjes, die op school door hun taaltalent een bron van verbazing waren, en die kinderspecialisten en kinderpsychiaters uit alle hoeken van Londen aantrokken om hun vaardigheden zo goed mogelijk te meten, konden heel wreed zijn. Misschien was het meer niet van ophouden weten dan echte wreedheid, want het was niet zozeer wat ze zeiden of deden als wel de bezeten manier waarop ze ermee doorgingen.

Op een middag kwamen ze uit school met een plotseling ontvlamde geestdrift voor aardrijkskunde. Ze leken een persoonlijk verband te willen leggen met elk land dat bestond. Ze begonnen te graven in onze familiegeschiedenis.

'Ja, maar waar is de moeder van overgrootmoeder geboren?'

'Waar is oom Jeremias op school geweest?'

'Komt er iemand uit Hampshire?'

Dat bleek niet het geval te zijn, wat Florence of Hattie bijna tot tranen bracht. Ze dragen allebei een klein medaillon aan een gouden kettinkje om hun hals, met hun naam erin gegraveerd. Op het ene stond 'Florence', op het andere 'Harriet', maar lang geleden hadden we al vastgesteld dat ze die naamplaatjes verwisselden, zodat ze altijd die ene tweeling waren. De tweeling zus en de tweeling zo; als je er maar één nodig had, zei je tegen Candy dat ze er eentje moest halen. Zelfs hun schrammen en blauwe plekken verschenen in tweevoud. Als één meisje zich brandde, brandde het ander zich op dezelfde plek. Als de een zich sneed, sneed de ander zich net zo, zodat ze nooit door een verraderlijke schram uit elkaar gehouden konden worden. Toch had er die middag dat ze de Engelse graafschappen hadden geleerd maar één van de twee die tranen in haar ogen gehad. Het duurde een paar seconden, toen waren de tranen weg en trad de tweeling weer eenstemmig op, nu met een boosaardig soort aandrang.

‘Dus mammie komt uit Kent en papa uit Cumbrië en Norfolk.’ Ze glimlachten elkaar toe en begonnen ritmisch te roepen:

‘Het Cumbrisch, Walsh of Berglandschaap
is een dier van groot gewicht.
Van zijn gesprekken krijgt men slaap,
maar nog meer van zijn gezicht.’

We moesten er allemaal om lachen; het was knap gedaan om zo mijn naam in het rijmpje te vlechten. Maar ze waren alweer opnieuw begonnen terwijl we nog aan het lachen waren, en ze bleven het heel de rest van de middag roepen. Ze werden naar de achtertuin verbannen, waar ze het riepen in het gras. Daarna riepen ze het door de muur van hun slaapkamer. Ik weet niet hoe het komt dat een paar woorden die almaar herhaald worden zo’n vreemde uitwerking kunnen hebben. Ze maakten me duizelig, misselijk haast.

Het was een lange zomer, we waren allemaal moe. Ik had me niet gerealiseerd hoe moe ik was tot jij begon te pakken en ik begon in te zien dat ik misschien even hard rust nodig had als jij, en dat de tijdelijke scheiding misschien wel het beste was. Ik vertrouwde op jouw intuïtie en verwijt me dat nu. Ik besefte niet hoe slecht je eraan toe was. Ik dacht dat je een uitgebreide vakantie in de zin had, ik besefte niet dat je een gevecht voerde op leven en dood. Als je je omringde met alles wat je het meest vertrouwd was, dan deed je dat uit noodzaak, niet uit een gril. En hoewel je alle meisjes meenam, was jij niet verantwoordelijk, niet in conditie, niet in staat om voor hen te zorgen. Jij was het voor wie gezorgd moest worden, jij die de hulp nodig had.

Je nam hen echter wel allemaal mee, die in aanleg fatale menselijke dierentuin, alsof je in je innerlijke eenzaamheid bescherming vond in dat gedoe. Zelfs achteraf vind ik het moeilijk te begrijpen hoe je ertoe kwam op stap te gaan met die troep meiden, variërend van vertraagde adolescentie tot de verschillende stadia van voorlijke criminaliteit en charme. Ik ontdekte later dat je zelfs de poes had verdoofd en in de picknickmand gestopt; Fred de schildpad smokkelde je Het Kanaal over in een verborgen vak van de kinderwagen. Fred was ook mijn schildpad – Amadeo was trouwens ook mijn zoon.

Jullie vertrokken per trein vanaf station Waterloo. Het was natuurlijk op het hoogtepunt van het toeristenseizoen, het station was ondraaglijk overladen met mensen en bagage en de meeste bagage leek van jou te zijn. Je had koffers en valiezen, de picknickmand, een hutkoffer, nog een wat kleinere hutkoffer en talloze losse pakjes die allemaal rond Amadeo's kinderwagen opgestapeld lagen. De tweeling wou frisdrank en een broodje. Ik bood aan het te gaan halen bij een kraampje, maar jij nam hen liever mee de cafetaria in, waar je je gezelschap over de weinige lege stoelen verspreidde. De tweeling had ontdekt hoe je bellen kon blazen door een rietje in een glas, en bracht dat nu ergens achter ons lawaaiig in praktijk. Ik dronk een kop thee, jij en Amadeo hadden een bordje toost met jam. Aan de andere kant van het met spiegels behangen lokaal sloeg Candy vroeg haar slag bij een forens van middelbare leeftijd.

Er waren van die dagen waarop je geboeid raakte door het wezen der dingen. Dit was zo'n dag, en wat je zo boeide was de toost. Ineens raakte je in de ban van de substantie ervan, de smakeloosheid, en waarschijnlijk ook van het feit dat zoiets kon bestaan. Amadeo, die nog maar net was hersteld van een zware verkoudheid, zat naast je te hoesten en ik probeerde je te herinneren aan zijn neiging tot astma en zijn hinderlijk stoïcijnse gedrag als hij pijn had. Hoewel hij nog geen twee was, klaagde hij dan nooit, maar staarde alleen dof voor zich uit, alsof hij uitkeek over een stil, denkbeeldig meer, en sliep meer dan normaal.

Zo zat Amadeo te kuchen en ik te zeuren en jij het wezen van je toost te analyseren en je af te vragen wat dat te maken kon hebben met die speciale dag.

'Misschien moesten we nu eens naar de trein gaan,' zei ik hoopvol.

'Waar is het van gemaakt?' vroeg je voor de derde keer, terwijl je een keihard, zwartgeblakerd sneetje spoorwegtoost omhooghield.

'Wat willen ze dat je ermee doet?'

Amadeo, die tijdelijk was losgelaten uit zijn stoel, had zijn eigen oplossing voor dat probleem gevonden. Hij had frambozenjam op zijn toost gesmeerd en probeerde die nu hardnekkig er weer af te vegen aan tafelbladen in de buurt en aan knieën van andere mensen. Onze hoek van de cafetaria begon iets te krijgen van een schip in quarantaine, omgeven door een vrijwillig kordon, terwijl de omvang van protesten aangroeide. Alleen Candy, die aan de zevende cirkel van haar flirt toe was, en jij met je Hathersachtige belangstelling voor de toost, leken niets te merken. Zelf was ik allang de schaamte voorbij; de tweeling had me getraind in het verdragen van misère en schande. Ik dreef jullie allemaal al protesterend het stationsplein op en bracht je naar de trein.

Nadat je was vertrokken naar Portsmouth en de veerboot, begon ik Larenguebec te haten. Ik had een kruier geholpen met het inladen van je bagage en de kinderwagen in het bagagerijtuig, en had daarna staan kijken hoe je vertrok; het leek of je haast wanhopig uit je smerige, gesloten raampje staarde. Zelfs op het perron, vijf minuten voor de trein zou vertrekken, had ik nog aangeboden met je mee te gaan om je veilig te installeren op je strand dat niet op de kaart was te vinden. Toen had je wel iets teruggezegd, nadrukkelijk in de verdediging.

'Ik moet me alleen verstoppen,' zei je, 'op een plek waar vissersboten zijn en vers brood.'

Hoe kun je je verstoppen met drie buitensporige vrouwspersonen in je kielzog en een uit de kluiten gewassen baby? Ik was gepikeerd door de opmerking over het brood. We hadden thuis ook vers brood, dat elke dag gehaald werd bij de bakkerij in South End Green. Toen greep je mijn arm, ik weet nog dat je je harde nagels er zo in begroef dat het pijn deed.

'Ik moet weg,' herhaalde je, 'ik moet echt weg.'

En zo ging je dan, Rosalind, weg naar een woestenij, en nog steeds weet ik niet welke innerlijke macht je daar heendreef, of welke innerlijke angst je naar die zolderkamer in Larenguebec sleurde en je daar vasthield, weggestopt in het donker, helemaal alleen. Evenmin weet ik hoe lang je daar verstopt hebt gezeten. Je bent vier weken weggeweest, maar ik weet niet hoe vlug de ellende begon.

Wat ik te weten kwam, van jou, van de tweeling en van mijn eigen tocht naar Frankrijk nadat de tweeling gebeld had, heb ik zo goed mogelijk aaneengevoegd. Ik weet dat je naar Cherbourg bent gevaren, en ik kan me die boottocht wel voorstellen. Het moet zoiets zijn geweest als de cafetaria op het station Waterloo, maar dan drie keer zo erg. Er was niemand om je tot doorlopen te manen zoals ik altijd deed, als met een stelletje zwervers dat de orde verstoort. Het regent altijd in Portsmouth, een fijne motregen die valt als je de loopplank op gaat naar de veerboot. Jij bedacht eens dat de Franse VVV een zeeman had ingehuurd om een brandslang open te zetten, zodat alle vakantiegangers zouden bedenken dat ze net op het goede moment uit Engeland weggingen. Het zal bij jou ook wel geregend hebben. Ik hoop dat je de tegenwoordigheid van geest hebt gehad om de kinderwagen bij de auto's te zetten en niet hebt geprobeerd hem de loopplank op te duwen en ermee over de stampvolle dekken te rijden, maar ik weet dat niet.

Ik miste je vreselijk toen je weg was. Ik miste zelfs alle slechte dingen van de tweeling. Ik dacht dat

Fred en de poes uit verdriet waren weggelopen. Ik besefte niet dat je die ook had meegenomen, maar zonder jou leek het huis al uitgestorven. Mevrouw King bleef met een soort profetische hardnekkigheid over het hoesten van Amadeo zeuren.

'Ik hoop dat de mooie madam het goed maakt,' zei ze vaak onheilspellend over jou en voegde er dan pinnig aan toe: 'Die Candy, daar zal ze geweldig veel aan hebben, die arme kleine Amidy met zijn hoest.' Ik kwam er niet achter of mevrouw King de naam van het kind echt niet vatten kon of alleen het buitenlandse ervan afkeurde, maar ze zei het nooit goed. Ik stuurde je een stroom brieven en telegrammen op dat troosteloze adres; jij stuurde er niet één. Ik wist dat je een hekel had aan brieven schrijven, daarom maakte ik me er niet te veel zorgen over. Toen ik in Larenguebec kwam, vond ik mijn brieven ongeopend en onder het stof achter de deur. Ook aan Candy en de tweeling schreef ik. Ik denk dat de tweeling die kaarten wel las, maar die voor Candy lagen naast de jouwe op de grond.

Het was die zomer onnatuurlijk warm. Ik voelde me lusteloos en kon nauwelijks de slaap vatten. Ik kreeg veel werk af, want ik dwong mezelf alle achterstallige klussen af te maken en zelfs ruwe schetsen te maken voor affiches voor mijn twee nieuwe contracten, één voor een lippenstift en één voor een nieuw soort boenwas, weet ik nog. Er gebeurden vreemde dingen, zelfs in Engeland. Er waren hele zwermen bladluizen uitgebroed, die een laag van een centimeter vormden in de tuin. Er waren dagen dat er een broos tapijt van lieveheersbeestjes op de stoep lag. De geraniums in Amadeo's kinderkamer gingen dood. Het waren pelargoniums en gewone geraniums en een geurende roze tuingeranium waarvan werd gezegd dat hij vliegen op een afstand hield. Amadeo had altijd van bloemen gehouden, vooral van deze rode en roze 'boeme', zoals hij ze noemde. Ik bedacht dat hij, als hij die afgevallen bloemblaadjes en verdorde bladeren zou zien, zijn gebruikelijke 'da da auto, da da zee,' zou afwisselen met een nieuw 'da da boeme,' zodat ik het niet over mijn hart kon verkrijgen om ze op te ruimen of dat te laten doen door de fanatieke mevrouw King.

Je had het zo geregeld dat je precies vier weken na je vertrek terug zou komen; dat zou op 10 september zijn geweest, tien dagen voor Amadeo's verjaardag en maar twee dagen voor het einde van de schoolvakantie. De tweeling belde me op 4 september (de naamdag van de heilige maagd Rosalia, geloof ik). Het was een vreemd telefoongesprek, met een slechte lijn en een nijdige telefoniste die steeds tussenbeide kwam. Er was geen telefoon in het huis in Larenguebec, ik wist niet hoe of waarvandaan ze belden. Hun stemmen klonken van veel verder weg dan de overkant van Het Kanaal, bijna spookachtig. Wat ik hoorde was nauwelijks meer dan gekras en ik schrok ervan. Ze praatten met een babystemmetje dat niet bij hen hoorde: 'Ik moet spreken met William Walsh.' Ik bleef maar zeggen dat ik het was, maar het leek of ze me niet konden verstaan of mijn stem niet herkenden. Toen zei een van de twee: 'Vraag alstublieft of hij komt.'

Er viel een lange stilte aan hun kant, gevuld met ver gesuis op de lijn en mijn eigen vragen en geruststellende woorden. Een tijdje negeerden ze alles wat ik zei, waarna ze begonnen me te onderbreken met een doffe, eentonige stem: 'Wie is daar, wie is daar, wie spreekt daar?'

Ik noemde ze bij hun kindernaampjes, Tiddly en Floss, en nam hun herhalingstactiek over.

'Floss, Floss, wat is er aan de hand?'

Weer was het stil, toen klonk het: 'Iemand moet mammie komen halen en de kinderwagen.'

Dat klonk heel zakelijk. Ik wachtte of ze nog wat zouden zeggen, maar weer werd het ontmoedigend stil. Ik dacht dat de lijn was uitgevallen, dus riep ik: 'Hallo, hallo, Tiddly, Floss...'

Een stem zei: 'Het is een grijs huis.'

Het klonk niet als hun stem. Direct daarop begon de toon die aangaf dat de verbinding was verbroken of dat ze hadden opgehangen. Ik bleef een paar minuten naast de telefoon zitten wachten of ze nog eens zouden bellen. Toen belde ik een reisbureau en begon te pakken. Ik weet nog dat ik heimelijk blij was dat jullie allemaal me nog nodig hadden; had ik geweten waarom, dan was ik waarschijnlijk gaan huilen.

8 *William*

Geen van de taxichauffeurs wilde naar Larenguebec. Ik was meer geïrriteerd dan verontrust door het aantal mannen dat weigerde me erheen te brengen. Ik had uitgerekend dat het een kilometer of vijftig was vanaf Cherbourg, waar ik de nacht had doorgebracht. Ik beschouwde het meer als een tekortschieten van het oude Frans-Engelse bondgenootschap in het algemeen dan als iets wat met Larenguebec te maken had toen de chauffeurs de een na de ander nee zeiden. Ik sjouwde de Place du Théâtre rond en dacht met bittere herinnering aan de dagen dat Engeland nog geen lid was van de Gemeenschappelijke Markt, de boter nog gewoon uit Nieuw-Zeeland kwam en de taxichauffeurs op het continent een stuk beleefder waren. Ik bood een van de chauffeurs het dubbele tarief als hij me erheen wilde brengen, maar hij sloeg een kruis en schudde zijn hoofd. Er waren nergens taxi's meer en overal liepen de toeristen te zweten in de gestaag groeiende hitte.

Ik dwaalde terug in de richting van de haven en stopte onderweg om bij een laat ontbijt in Hôtel de Paris mijn plannen te overdenken. Bij mijn tweede kop koffie vroeg ik de kelner waar ik een taxi kon vinden die naar Larenguebec wilde rijden. Met een veelbetekenende glimlach zei hij, in het Frans: 'Alleen Pierre Laurent gaat daar nog heen.' Hij sloeg met een linnen doek een paar kruimels van mijn tafel. 'Hij heeft daar een broer verloren, maar soms gaat hij nog terug. Hij is er nu wel bang voor.'

Niemand anders in Cherbourg was zelfs maar bereid geweest het bestaan van Larenguebec te erkennen. Ik was die kelner vreemd dankbaar dat hij er met me over wilde praten. Hij was een jonge man, midden twintig, met heel diepliggende zwarte ogen en onberispelijk, bijna marineblauw haar. Ik leek een snaar te hebben geraakt in zijn herinnering, die hem uit zijn directe omgeving van het restaurant en de witte linnen tafelkleden naar een geheime beroering in zijn verleden voerde.

'Ik heb ooit een meisje gekend daarvandaan,' zei hij, terwijl hij door me heen keek naar de kale muur achter me. Daarna zweeg hij; er viel een stilte die ongemakkelijk werd.

'Ja...?' moedigde ik aan.

Maar hij bleef door me heen staren. Toen rilde hij en schudde zich uit zijn trance. Hij keek ineens gegeneerd en begon nerveus de kruimels van mijn tafelkleed te vegen. Daarmee stopte hij weer even abrupt als hij was begonnen, waarop hij weer zijn koelprofessionele houding aannam.

'Ik zou daar niet heen gaan,' zei hij op een toon waarmee hij even goed 'ik zou vanavond niet de boeuf bourguignon nemen' had kunnen zeggen. 'Het deugt daar niet,' voegde hij er beslist aan toe en haalde het schoteltje weg onder de kop die ik in mijn hand had, als om duidelijk te maken dat het gesprek en mijn ontbijt nu afgelopen waren. Ik slokte de rest van mijn koffie naar binnen, voor zijn strenge hand zou terugveren om ook het kopje te pakken.

'Ik moet erheen,' zei ik, terwijl ik half verontschuldigend mijn schouders ophaalde, en vervolgde vlug, voor hij al zijn geringschattende gezichtsuitdrukkingen ten toon kon spreiden: 'Zou die chauffeur Laurent me willen brengen?'

'O ja,' zei hij, 'vorige maand heeft hij er nog een Engelse vrouw heengebracht.'

'Waarom deugt het daar niet?' vroeg ik hem.

Plotseling boog hij zich naar mijn tafel, alsof hij het graag wilde vertellen. Toen viel hem iets in dat een sluier over zijn donkere ogen trok; hij zag ervan af en deed een stap terug om weg te gaan.

'Daar is de Centrale,' zei hij half fluisterend.

'Welke Centrale?' vroeg ik.

'Vijf jaar geleden heeft de regering daar een kernreactor gebouwd, vlak naast het dorp. Voor dat gebeurde kwamen hier demonstranten uit heel Europa. We hadden hier de Groenen uit Duitsland, echt iedereen.'

'En toen?'

'En die mensen lieten zien wat er zou gebeuren als die Centrale er kwam. Stralingsziekte, misvormde baby's, stervend gewas, de hele bende. Ze vertoonden films en hingen heel Normandië vol affiches.'

'Wat gebeurde er toen?'

'Tja,' zei de kelner, terwijl hij lichtjes zijn keel

schraapte en nog een kruimel van mijn tafel sloeg. 'Die mensen die kwamen demonstreren, waren zulke ongewenste types dat de plaatselijke bevolking dacht dat alles wat die verslaafde zwervers met veiligheidsspelden in hun neus en groene haren niet wilden, wel goed moest zijn. Dus stemden ze er allemaal voor. De plaatselijke bevolking verwelkomde de Centrale als een manier om die horden baardige, kamperende nomaden af te schrikken.'

Ik was klaar met mijn koffie, hij pakte de kop.

'Nu,' voegde hij eraan toe, 'stinkt die Centrale als de duivel zelf – en het zit daar vol met Arabieren.'

Ik luisterde oplettend en knikte zo nu en dan, maar meer ook niet.

'Alles wat ze te zeggen hadden was: als die Centrale er komt, dan komen er Arabieren werken, en die Arabieren zullen willen drinken in jullie cafés. Ach...' lachte hij geringschattend. 'Wat schiet je ermee op als je tegen vissers over ecologie praat? Ecologie *merde*! Nu is Larenguebec een vreemde, woeste plaats geworden – ze zijn er nu allemaal bang voor.'

'Heeft het daar dan gelekt?' vroeg ik, maar daar kreeg ik geen antwoord op. Hij draaide zich om en liep weg. Ik riep tegen zijn verdwijnende rug: 'En het telefoonnummer van Laurent?'

Nu draaide hij zich om en maakte een halve buiging.

'Dat staat in het telefoonboek, *monsieur*.'

Het nummer stond inderdaad in het telefoonboek, merkte ik, maar meer zoals een kiezelsteentje in de zee; alle Pierre, Pascal en Paul Laurents van

Cherbourg ontkenden iets van de man te weten. Pas na zo'n dertig keer bellen hoorde ik van een zekere Orfelie Laurent dat haar zwager, Jean-Pierre, inderdaad een taxi had en dat zijn nummer te vinden was onder J. Laurent. Ik belde daarheen en een paar minuten later stopte de man zelf aan de stoeprand voor mij, in een geblutste maar glanzende Citroën.

Het was zo'n dag waarop de temperatuur zich aan elke normale schaal lijkt te onttrekken. Vóór een storm kan dezelfde zwoele hitte en drukkende atmosfeer je soms letterlijk lijken vast te nagelen en het laatste greintje energie uit je persen. Ik weet niet of er ergens langs die Normandische kust een storm aan het opsteken was, of dat in die dagen na ons vertrek onweer de lucht kwam opklaren, maar die morgen leek er een vreemde macht in het spel. Zelfs als niets anders me had dwarsgezeten, zou de hitte alleen genoeg zijn geweest om mij eronder te krijgen. De stad Cherbourg had ons beschut tegen de volle kracht van de zon; pas toen we op de buitenweg kwamen, merkte ik dat er iets buiten proportie was met het weer.

Jean-Pierre Laurent, mijn chauffeur, was een gedrongen, logge zestiger. Zijn vingers waren zo kort dat ze nauwelijks de nylon luipaardhoes rond het stuur konden omvatten. Hij had de blauwe, waterige ogen van een man die of erg veel huilt, of drinkt. Het netwerk van gebroken purperen haarvaten in zijn gezicht leek in de richting van het laatste te wijzen. Maar het meest opmerkelijke aan hem was misschien toch zijn dwangmatige gepraat. Vanaf het moment dat ik in de auto stapte tot aan het einde van onze tocht praatte hij bijna aan één stuk door. Zijn gehoor leek hij niet nodig te hebben, hij besteedde er ook geen aandacht aan. Zijn monoloog hield genadeloos aan. De hitte van de dag, het onophoudelijke geklets van de man en de nadelige uitwerking daarvan op zijn manier van rijden werkten allemaal samen om van mijn tocht naar Larenguebec een soort surrealistische odyssee te maken.

Hij kende jou nog, Rosalind, hij noemde je 'de dame met de vreemde ogen' en vertelde me in zijn duidelijke Frans van de kuststreek wat een genoegen het was geweest om naast je te zitten, tijdens die rit van een halfuur, toen hij je weken geleden naar Larenguebec had gebracht. Hij legde me uit dat hij zich de dag dat hij je reed '*nerveux*' had gevoeld en dat het idee naar Larenguebec te gaan hem met vrees had vervuld, maar dat jouw aanwezigheid hem op de een of andere manier tot kalmte had gebracht. Ik begon Laurent aardiger te vinden omdat hij zoiets van jou had begrepen. Bij mij leek hij overigens weer knap nerveus.

Ik vond zijn Frans verbazend makkelijk te volgen en ik ging op mijn gemak zitten luisteren naar de verhalen over Cherbourg en de wereld in het algemeen waarop hij mij trakteerde. Hij lette heel weinig op de weg en het leek hem in het geheel niet te deren dat hij vaak bijna in botsing kwam met andere auto's. Zijn geblutste Citroën leek zichzelf te besturen, zo soepel gleed hij tussen tegenliggers, voetgangers en allerlei andere obstakels door. Een keer of wat verloor ik de draad van de conversatie als ik probeerde mijn rug van het plakkerige blauwe plastic dat op mijn stoel zat los te trekken, maar na een tijdje gaf ik de strijd tegen het zweet en de hitte op en kreeg hij mijn volle aandacht. Hij vertelde hoe hij onder de indruk was geweest van de manier waarop je met de kinderen omging, alsof je telepatisch vooruit kon lopen op hun behoeften.

'Toen,' zei hij droevig, 'kwam ik terug en hoorde dat die arme baby de hele nacht alleen in een klerenkast opgesloten had gezeten.' Hij schudde het hoofd en voegde eraan toe: 'De werkster stierf zowat van schrik toen ze binnenkwam met het ontbijtblad en er in die lege kamer een doordringende kreet uit de klerenkast was gekomen. Ze heeft het blad laten vallen en is ervandoor gegaan.' Hij draaide zich om en keek me doordringend aan, alsof ik medeplichtig was aan wat hij als schandelijke verwaarlozing beschouwde. Ik trok een neutraal gezicht en onthield me van een poging uit te leggen dat Amadeo nu eenmaal hield van donkere, nauwe plekjes en nergens anders slapen kon. Ik wist dat hij apart moest slapen. Als hij werd gestoord in zijn gewoonlijk bijna narcoleptische slaap, lag hij de hele nacht te huilen. Ik wist ook dat we, als we op reis waren, vaak een bedje van kussens voor hem hadden gemaakt in een ruime kast als er geen ledikantje in een rustige kamer beschikbaar was. Ik besefte dat dit alles onmogelijk uit te leggen was aan de verontwaardigde taxichauffeur.

‘Welke moeder doet nou zoiets?’ vroeg hij. Ik was nog moeizaam in redelijk Frans een antwoord aan het bedenken toen hij al oversprong op het volgende onderwerp.

‘Het was net of iets haar dwong om daarheen te gaan. Toch mocht ik haar wel. Ik had het idee dat als ik haar in het veld zou brengen tegen mijn schoonzuster Orfelie, de dame met de vreemde ogen het zou winnen.’ Hij draaide zich met een knipoog naar me toe: ‘Er is verder niemand in de hele wereld die mijn schoonzuster van gedachten kan doen laten veranderen.’ Hij schraapte zijn keel en veegde het zweet van zijn voorhoofd. ‘De kinderwagen heeft een kras gemaakt op de verf van mijn auto. Ik wou haar er niet voor laten betalen, maar ja... al was ze de heilige maagd zelf geweest... een mens moet leven.’

Hij haalde zijn schouders op en we reden een tijdje voort in een stilte die hij doorbrak door bijna ritmisch de naam Orfelie te herhalen, op een manier die klonk als ‘awfully,’ vreselijk, samen met de vrees in zijn stem had het een vreemde ontnuchterende uitwerking op mij.

De rijtjes huizen met keurige luiken ervoor en de flatgebouwen aan de buitenrand van de stad lagen nu ver achter ons. Aan beide kanten van de weg slingerden zich gemengde hagen langs de kleine, goed onderhouden landjes, zo nu en dan onderbroken door kleine plukjes huizen van grijze natuursteen. Het was nog steeds onnatuurlijk heet en het leek nog heter te worden. Toen we door St Sauveur reden, moest de taxi uitwijken voor een troepje rekruten dat de indruk wekte of hun voeten met het asfalt versmolten waren. De chauffeur floot kwaad tussen zijn tanden door.

'Sommige mensen houden van moeilijkheden.'

Ik knikte.

'Ze vragen erom,' zei hij.

Weer betuigde ik beleefd mijn instemming.

'Die vrouw van u, die is ook zo,' grijnsde hij, met een mengeling van zorg en bewondering.

We reden nu sneller, als om te bewijzen dat hij ook roekeloos kon zijn als hij wilde. Ik had hem graag willen zeggen dat ik geen bewijs van zijn moed achter het stuur nodig had, dat ik daar ook zo al van onder de indruk was, maar ik kwam niet tussen zijn spervuur van woorden.

'Orfelie is ook een formidabele vrouw,' zei hij. Ik glimlachte op een manier die naar ik hoopte wederkerige goedkeuring tot uitdrukking bracht. 'Maar niet zo,' zei hij en zwaaide met zijn vinger zo ongeveer onder mijn neus, terwijl de auto zonder zijn handen aan het stuur naar alle kanten over de weg zwierde. Ik haalde onmiddellijk de glimlach van mijn gezicht en begon een verontschuldiging te hakkelen en uit te leggen dat ik het 'zo' ook niet helemaal had bedoeld. Hij wuifde mijn overvloedige 'pardons' weg en begon me op zijn manier te ondervragen.

'Waar denkt u aan als u die naam hoort, Orfelie?' wilde hij weten. Ik probeerde niet te denken aan de associaties die ik had gehad toen hij die naam zo eigenaardig herhaalde, en riep mij in plaats daarvan beelden voor de geest van Shakespeare en Millais.

'Kwetsbaarheid?' probeerde ik.

'Als ik aan Orfelie denk, denk ik aan een draak,' zei hij. 'Orfelie: draak. Mijn schoonzuster, zij heeft de betekenis van haar naam gestolen. Zij heeft genomen, altijd genomen. Mijn broer is naar Larenguebec gegaan omdat hij haar niet langer kon verdragen. Ze noemden het een bedrijfsongeval, maar het leek meer op zelfmoord. Hij stierf om van haar af te komen. De draak,' herhaalde hij en hij lachte bitter. Toen ontspande hij zich. 'Die vrouw van u, waarom is zij naar Larenguebec gegaan?'

Ik merkte dat ik jouw zin herhaalde. 'Waarom gaat een mens waar dan ook naartoe.'

Hij haalde weer zijn schouders op en vervolgde: 'Ja ja, maar Larenguebec is zichzelf niet meer sinds ze daar de kernfabriek hebben neergezet.' Hij leek zijn vetlaag dichter om zich heen te trekken om zich tegen zijn angsten te beschermen. 'Het is niet wat het lijkt. Sinds vijf jaar is daar iets wat niet deugt, je voelt dat er iets in de lucht hangt. De Centrale, alles. Het is daar niet veilig voor haar, en ook niet voor die meisjes.' Ik leunde ongemakkelijk achterover. Ik begon ook misselijk te worden. We passeerden een wegwijzer naar Carentan.

'De mensen daar, het is uitschot, het zijn niet eens Fransen,' zei hij, terwijl hij de auto naar rechts rukte om Carentan te vermijden, 'het zijn Arabieren. Joost mag weten wat je daar zou zien drijven als de krabben er niet waren.'

'Krabben?' herhaalde ik, een golf van misselijkheid onderdrukkend terwijl de auto in de derde versnelling weer een heuvel nam.

'Daar werd vroeger op gevist.'

'Vroeger?'

'Er is nauwelijks meer iemand over van de lui van vroeger, en die er over zijn, vissen alleen nog maar in troebel water.' De chauffeur zweeg even, onder de indruk van zijn eigen woorden, toen kwam achter de heuvel een schim van de zee in zicht en hij huiverde. Hij leek zijn stem te hebben hervonden. Zoals een rafelige schuimrand trekt aan het zand, zo zocht ze haar weg naar mijn diepste gedachten.

Tussen de druk van mijn veiligheidsriem en het kleurige plastic van de stoel voelde ik me opgesloten in een droom. Toen we buiten Cherbourg het eerste lint van grijze natuurstenen huisjes passeerden – de *boulangerie*, het café en de verspreide rij identieke woonhuizen – was het me opgevallen dat ze zover uit elkaar stonden dat het leek of ze bang waren bij elkaar te kruipen. Op het eerste gezicht leek die indruk van half georganiseerde wanhoop niet interessant, maar toen we door het ene gehucht na het andere reden, het ene al net zo grijs en onverbiddellijk als het andere, kreeg ik er genoeg van. Tot die rit van een halfuur naar Larenguebec had ik niet geweten hoe vlug ik genoeg kon krijgen van een kleur, maar dat grijs maakte het me duidelijk: de muren waren grijs; de wegen, de meeuwen, de huizen, de lucht hadden bij alle hitte een grijze schittering en zelfs de huid van de plattelanders die achter hun smoezelige gordijntjes zaten te loeren was grijs. Alleen het groen van de eiken en de esdoorns contrasteerde met de strenge schemertinten. Toen we St Sauveur hadden bereikt, had het gebrom van de stem van mijn chauffeur zich echter al zo doeltreffend vermengd met het geforceerde razen van zijn motor en mijn eigen angsten dat ik was gaan geloven dat zelfs het groen alleen maar een enorme schimmelwoekering was.

Toen de zee in zicht kwam voelde ik hoe een soort duizeligheid bezit nam van mijn achterhoofd. Het was moeilijk ademen in de hitte. Het was laagtij, en toen ik naar de gebogen lijn van duinen en rotsen keek die de zee verbond met het land, leek het of er uit alle macht aan gerukt en getrokken werd. De ebstroom trok ook aan mij op de heuvel, aan de taxi, aan het waas van zand, zoog ons allemaal naar zijn geheimzinnige diepten en gaf nooit iets terug. Ook de chauffeur raakte in een andere stemming: eerst had hij gepraat vanuit de wens tot communiceren, nu sprak hij uit een onwillige behoefte om de stilte teniet te doen. Deze keer wilde ik niet luisteren. Ik had nu de zee om me te kwellen, zodat ik mijn oren sloot voor zijn geklets over het kwaad van de kerncentrale en over de bandieten die het daar volgens hem voor het zeggen hadden. In plaats daarvan droomde ik dat ik mijn hoofd ergens in zo'n kleine inham vol wit zand begraven had.

Tussen al zijn klachten en commentaren door bleef de chauffeur me steeds vertellen hoe wanhopig je had geleken toen hij je hier heenreed. Hij noemde het opgejaagd, kniezerig, bang – hij gaf het allerlei namen die ik echt nooit met jou in verband had gebracht. Nog voor ik in Larenguebec aankwam, had hij me laten zien hoe ziek je was. Je was altijd zo capabel en gezond geweest, Rosalind. Ik had gedacht dat je alles aankon, van de dagelijkse karweitjes tot sterfgevallen. Als dingen je niet aanstonden, negeerde je ze. Je leek je altijd op je gemak te voelen in de zee van ongerijmdheden waarin je leefde. Soms heb ik mezelf gedwongen de vraag onder ogen te zien wat er had kunnen gebeuren als iemand anders jullie allen had gevonden. Wat zou er gebeurd zijn als een buitenstaander als eerste tot je was doorgedrongen? Ik denk dat ik mezelf verwijt dat ik de telepathie niet had om eerder te komen en je iets te besparen van de ellende daarna. Als ik aan de zee bij Larenguebec denk, is het of ik verdrink op het droge.

Het was nog maar een kilometer of zes naar het huis en de taxi reed constant vijftig, maar dat laatste stuk van de top van de heuvel naar jullie toe, duurde het langst. Ik kon de monoloog naast me nog wel negeren maar met de hitte lukte dat niet. Het was of je in de tropen uit een vliegtuig stapte. Mijn enkels begonnen dik te worden. Ik weet nog dat ik blij was dat mevrouw King, thuis in South End Green, me hier niet kon zien – ze had een neurotische afkeer van het eten van te veel zout. Ze had altijd kritiek op mijn overmatige zoutverbruik, en dreigde me met toekomstige eiwitafzettingen rond mijn enkels, wat eruit zou zien als elefantiasis. Toen ik zag hoe mijn dunne sokken zich doorzichtig om mijn wreven spanden, begon ik me ongerust te maken over de nauwkeurigheid van haar voorspellingen. De airconditioning leek het te hebben opgegeven. Ik deed het raampje aan mijn kant open, maar de chauffeur schudde bedroefd het zwetende hoofd.

'Dat maakt het alleen maar erger.'

Tegen de tijd dat we het dorp naderden, realiseerde ik me dat de beschrijving door de tweeling: 'het is een grijs huis', voor het vinden ervan zonder enige waarde was. Vanuit onze kunstmatige intimiteit van het laatste halfuur was Laurent plotseling zowel bits als afstandelijk geworden. Alles aan hem leek te veranderen, van de klank van zijn stem tot de manier waarop hij zat en het stuur vasthield. Bij het kruispunt vlak bij het dorp keerde hij me een broeierig en ineens vijandig gezicht toe en eiste dat ik uit stapte. Zijn kwaadheid moet besmettelijk zijn geweest, want ik keerde me tegen hem met een razernij in mijn stem die ik er nooit eerder in had gehoord. Ik stond erop dat hij me precies voor het huis zou afzetten waar hij jou had achtergelaten. Hun beschrijving was waardeloos. Grijs, alles was grijs in Larenguebec, maar ik wist dat hij moest weten waar jij te vinden was in dat opengelegde konijnenhol.

Eén weg leidde naar het dorp en een kale wegwijzer wees langs een andere weg naar de Centrale, de kernreactor, en het strand. We gingen een flauwe helling op in jouw richting. Eindelijk reed hij eens langzaam. Tijdens het laatste stuk van de route had het naar een vissersdorp geroken, met de zure zeepokkenlucht van belegen schaaldieren, en vochtige netten. Naast enkele huizen had ik hoopjes dode krabben en krabresten opgemerkt. Daarna minderden we vaart bij een rijtje van drie hoge, vrijstaande huizen. De chauffeur had iets van zijn eerdere kalmte hervonden, maar hij wilde zijn motor niet afzetten of uit de auto stappen. Hij wees naar de middelste deur van de drie woningen en vroeg tweehonderd franc. Ik wachtte nog even of hij zijn motor niet afzette, gaf het op en opende het portier aan mijn kant. Ik leunde naar binnen om hem te betalen en trok mijn warme, gekreukelde kleren recht. Hij sloeg een kruis en liet het geld op de vloer van de taxi vallen. Ik hoorde hem iets als een gebed mompelen toen hij met een loshangend portier de heuvel opreed.

Er waren overal vliegen. Bij je voordeur lagen krabben die allang dood waren op een hoop en ze zagen eruit of ze systematischer dan elders waren verzameld of weggedaan. Toen ik op de deur klopte, verscheen een gerimpeld gezicht voor het raam van je buren. Ik knikte, maar kreeg een ijzige blik voor het gezicht verdween en het verstelde netgordijntje weer op zijn plaats viel.

Bijna al je ruiten waren stuk, je deur was op slot; het huis leek verlaten. Eerst was ik geërgerd omdat ik er niet in kon. Ik voelde dezelfde onredelijke boosheid als wanneer je een vriend opbelt en je geen antwoord krijgt, alleen maar telkens de telefoon hoort overgaan. Waarom was je niet thuis nu ik dit hele eind gekomen was om je te treffen? Dat moment ging voorbij, ik voelde nog eens aan de deur of hij werkelijk op slot zat. Vervolgens keek ik naar de bescheiden reistas aan mijn voeten en prees me gelukkig dat ik niet op reis was met het soort bagage dat jij altijd achter je aansleept. Ik liep de heuvel weer af naar het dorp en het strand. Waar zou je anders zijn tussen de middag, in die hitte?

Het was een opluchting om de taxi uit te zijn. Er had iets bazigs gezeten in het gedrag van de chauffeur. Het ergerde me dat het een vreemde moest zijn die mijn aandacht vestigde op jouw zorgwekkende toestand. Het was natuurlijk vreemd dat allebei je ramen gebroken ruiten hadden en dichtgespijkerd waren. Ik had me natuurlijk meteen ongerust moeten maken over de duisternis en de chaos en de krabben; maar ik geloofde toen nog in een rechtvaardige wereld. Ik was christelijk opgevoed, zij het met tegenzin, en mensen die zo goed waren als jij werden niet gekrenkt.

Jij had altijd geleefd in wat je de wereld van het hakmes noemde, waarin de goede dingen werden afgehakt. In je jeugd werd er gebruik en misbruik van je gemaakt, je werd verwaarloosd en raakte bijna uitgehongerd te midden van de overvloed. Ik weet wel dat je van alles te eten had, net als ik, maar waar was de liefde van je moeder of zelfs haar tijd – en waar die van de mijne? En waar was je vader? Het was bijna of hij van de aarde was afgevallen. Je hebt nooit iets over hem gezegd, je moeder ook niet. Ik weet niet eens hoe hij gestorven is. Toen stierf Hathers, toen je moeder en oom Jeremias. Ik ontsnapte uit de ijskast van mijn begin naar een wereld van constante warmte, waarin alles beter ging. Jij moet jouw begin meegenomen en al die jaren onder de leden hebben gehouden, Rosalind. We spraken altijd in beelden. Jij vertelde me over het hakmes en de sprekende klokken en hoe Angelo uit Italië in je zat te wachten om opnieuw geboren te worden. Maar hij was dood, zei je, en dat gaf je een gevoel of je tekortgeschoten was. En je vertelde me van je dromen en angsten. Je kon spelen met woorden als een jongleur op de kermis.

Ik wou dat ik had kunnen zien dat je ziek was, dat wat begonnen was als je gewone warrigheid was veranderd in een noodkreet, dat je beelden ineens werkelijkheid waren geworden. Zelfs de paranoia was er altijd geweest, je zei altijd dat het in de familie zat. Als er een plant doodging in de kas van oom Jeremias, ging hij naar voetsporen zoeken in de modder om te zien of er misschien 'bolsjewistische elementen' uit het dorp binnen waren geweest om hem te vergiftigen. Het was vijf kilometer lopen naar het dorp. Je moeder was paranoïde. En jij was paranoïde. Wat had ik graag geweten dat jij daar was, achter die barricaden in Larenguebec, je verschuilend in een donkere kast op zolder. Maar het kwam niet in me op dat je daar zou kunnen zijn.

Ik ging dus terug, de heuvel af naar het strand, ik was niet op zoek naar een zieke vrouw die voor haar leven vocht. Ik wist niet dat je je daar verborg voor de hitte en de krabben en de vliegen en voor de mensen die jou leken te haten, en de klokken in je hoofd die je niet met rust wilden laten, voor het ectoplasma van je schuldgevoel en voor de Centrale die jou probeerde te vernietigen met haar lekkende straling. Ik was op zoek naar je oude zelf dat ik kende, niet naar de schim en de schaduw die met elkaar in gevecht waren. Daarom liep ik het strand op, om je te verrassen terwijl je daar in het zand lag, moe van de kinderen en afhankelijk van mij om je naar huis te brengen; of juist stoeiend in het zand met Amadeo, verlangend dat ik zou delen in de pret.

Ik volgde het steile pad naar het schrale dorp. Rechts van mij ging het recht naar beneden, tot aan het strand. Links stonden een stuk of twintig stenen huisjes verspreid langs de kant van de weg. Het was bijna onmogelijk te zeggen of ze bewoond waren of niet, zo vervallen zagen ze eruit. Er staken bossen dode brandnetels onder de kalksteenplaten uit die als dak dienden; de verf hing in bladders aan de muren. Ik weet nog dat ik me geneerde omdat mijn reacties op het dorp zo 'Engels' waren. Mijn eerste indruk was dat het verval ongezond was en de stilte sinister. Zelfs het kijken van de mannen die met doffe ogen aan de kant van de weg naar de enorme ketels van de Centrale zaten te staren, vond ik sinister. Het was echter te warm om lang aan hetzelfde te blijven denken. Ik gaf mezelf inwendig een standje en liep door: waarom zouden dorpelingen moeten glimlachen en waarom zouden ze moeten beantwoorden aan mijn standaardopvatting van de 'lokale bevolking'?

Onder aan de heuvel was een winkel met daarachter een bar. Buiten stonden twee plastic kauwgomautomaten. Binnen waren vier mannen aan het kaarten; ze negeerden mij. Het barmeisje had een zuur, verbitterd gezicht, en ook zij probeerde te doen of ik er niet was. Ik bestelde een cognac en dronk die op. Ik vroeg haar naar jou; de diepe lijnen rond haar mond verstrakten een beetje. Toen ik het nog eens vroeg, haalde ze haar schouders op, hield haar neus dicht en loerde schuin naar een van de kaartspelende mannen, die veelbetekenend teruggrijnsde. Toen ik het voor de derde keer vroeg, draaide ze mij haar rug toe.

De cognac steeg direct naar mijn hoofd, ik voelde me wankelen toen ik de bar uit liep. Aan een kant van de borstwering van de natuurstenen vuurtoren lag de verlaten haven en een massa stenen en rotsblokken. Net zichtbaar achter een strandje lagen de monsterlijke kokers van de kerncentrale. Aan de andere kant van de haven strekte zich kilometers ver een boog van zand en rotsblokken uit, omzoomd door lage klippen en weilanden. Het was een schitterend uitzicht, het soort uitzicht waar jij uren bij kon wegdromen, Rosalind. Ik zag je nergens langs het strand, maar ik had het gevoel dat je die kant moest zijn uitgegaan. Nadat ik twintig minuten over het hete zand was getrokken, begon ik me af te vragen hoe jij nog verder gestrompeld kon zijn, met de kinderwagen en het stel meiden en de picknick die je vast en zeker had meegenomen. Ik had het al zo warm dat niets me meer kon schelen, ik ging zitten uitrusten. Ik denk dat ik heb zitten staren naar de lege inktvisschelpen en de krabbenscharen, de rondcirkelende meeuwen en de zee zelf. Toen begroef ik mijn gezicht in mijn tas en viel in slaap.

9 *William*

Uren later werd ik wakker, misselijk en duizelig van de zon. Ik speurde het strand af naar jou. Het lag vol rommel, maar er was geen mens te zien. Ineens werd ik boos. Ik wilde jou zien, ik was kwaad dat je zomaar verdwenen leek. Hoe konden jullie met dat hele stel als het ware in de vierde dimensie verdwijnen, in een dorp zo klein als Larenguebec? Ik had het gevoel of mij een loer werd gedraaid door de omstandigheden, bijna of ik gevangen zat in een draaideur van het lot, die maar draaide en draaide en mij iedere kans deed missen. Ik stelde me voor dat jullie allemaal waren teruggesjouwd van de picknick en met een wijde boog om die man in het zand, om mij die daar lag te slapen, waren heengelopen. Op mijn weg terug naar de haven koelde ik mijn woede op het blaaswier dat her en der verspreid lag: ik trapte de dragende pekelzakjes open. Ik liep langs de koele rand van het afgaand tij en zocht tussen het pas aangespoelde kiezel naar stukjes gekleurd glas voor jou en naar schelpen voor de tweeling. Ik vond alleen maar hoopjes krabbenpoten, bedekt met vliegenvleugels. Langs de bar en de muur van de vuurtoren liep ik over de stenen en rotsblokken de andere kant op, in de richting van de verre Centrale. Ik vond het raar van je dat je blijkbaar die kant was opgegaan; onbewust raapte ik stukjes krab op, bewust dacht ik lelijke dingen van je, toen ik de kinderwagen zag staan.

Die stond daar alleen en in zekere zin evenzeer van leven verlaten als de vuurtoren, maar dat zag ik niet meteen. Er zat blijkbaar een nieuw, donker parasolletje aan, en tussen mij en de wagen was de tweeling in het zand aan het scheppen. Toen ik dichterbij kwam keken de meisjes een keer op, maar zonder blijk van herkenning. Ze waren verbrand en zo bruin als Baltisch dennenhout, en hun haar zag eruit of het nooit meer uit de war zou raken. Ze leken zo in beslag genomen door dat graven in het zand dat ik dacht dat ze mij opzettelijk negeerden. Ze hadden hun blauwgroene badpakjes aan – gebreid door mevrouw King, naar een patroon van voor de oorlog dat ze ergens had opgeduikeld – en ze zagen kans er tegelijk wild en kwetsbaar uit te zien. Ik had de aandrang ze op te tillen, ze tegen me aan te drukken, hun haar te borstelen en het fronsen weg te strijken waarmee ze aan het zand leken vast te zitten. Ik wist echter dat ze boos werden om elk blijk van genegenheid in het openbaar – niet dat het strand van Larenguebec nu zo erg openbaar was. Zelfs toen ik vlak naast hen stond, bleven ze als bezeten doorscheppen aan een langgerekt heuveltje in het wegglijdende zand.

'Zeggen jullie nog hallo?' vroeg ik.

'We begraven krabben.'

'Waar is mammie?'

'Die is thuis, ze komt niet meer buiten.'

Er hing een vreemd luchtje van oude krabben, wrakhout, schelpen, vis en vlees dat in de zon lag te rotten, en daaronder ook een vleug van iets anders. Het vermengde zich met de hitte en maakte me misselijk. De spelletjes van de tweeling hadden vaak iets pervers. Overal waar ze kwamen, verzamelden ze dode dingen. Die neiging tot het vergaren van slijm en viezigheid begon me plotseling te irriteren. Ze hadden beter moeten weten en niet de wagen van hun broer mogen bevuilen, ze hoorden ook niet alleen op pad te zijn. Ik benaderde ze zoals een vader zijn kinderen benadert. Ik zocht geen moeilijkheden, ik was op zoek naar mijn gezin, een eigenaardig, maar nog steeds normaal gezin op vakantie. Ik nam aan dat Amadeo bij jou was, of met Candy wandelde.

Ik keek neer op de speelgoedschepjes die de meisjes in hun handen hadden; als het niet zo klein was geweest, had het echt arbeidersgereedschap kunnen zijn, zo versleten en krom van het zware werk zag het eruit. Toen zag ik dat hun handen onder het eelt en de blaren zaten, de vingers waren een beetje gezwollen op de plekken waar ze de houten greep van de schepjes omklemden. Ik zag ook dat de kwetsbaarheid in hen die me zo geroerd had, de vorm had aangenomen van iets vermoeids. Ik herinnerde me filmjournaals van mannen in werkkampen die stenen uit een groeve droegen; die mannen hadden dezelfde wanhopige moeheid in hun gezicht als mijn kindertjes. Ze rilden toen ik opkeek naar de kinderwagen.

Ik vond dat ze een leidende hand nodig hadden.

'Kom mee,' zei ik, en raakte hun hete schoudertjes aan om ze mee te krijgen. Ze leken opgelucht dat ze konden ophouden met scheppen, maar in plaats van mee te komen, begonnen ze het zand plat te trappen dat ze net hadden opgeworpen.

'Kom mee,' zei ik nog een keer beslist, toen ik een paar passen was doorgelopen. Ze kwamen niet achter me aan, daarom ging ik terug en met een arm om elk kind heen, liep ik verder. Halverwege de kinderwagen stonden ze ineens stil, schudden hun wollige zwempakken uit en zetten zich weer in postuur om te gaan graven. Samen zetten ze een rechthoek uit van ongeveer een meter bij dertig centimeter.

'Nog steeds krabben begraven?'

'Jep.'

'Waarom?'

'Ze hebben Candy opgegeten,' zei een van de twee, maar de ander viel haar in de rede: 'Nou ja, eigenlijk is ze in de zee gevallen.'

'...En toen hebben ze haar opgegeten!'

'Nietes.'

'Welles.'

Ze waren nu opgehouden met graven en stonden in vechthouding tegenover elkaar, hun vuistjes trillend van eigen gelijk.

'Wanneer is Candy in de zee gevallen?' vroeg ik geduldig.

Ze spraken half tegen mij, half tegen elkaar.

'Nadat ze erin viel hebben ze haar opgegeten,' zei de een koppig.

'Je weet dat ze is weggelopen. Dat weten we.'

Maar de ander wilde het niet weten of horen, de tranen brandden in haar ogen.

'Candy was er een van ons, die zou nooit zomaar weglopen. De krabben eten onze familie op. We moeten de krabben begraven.' Ik keek van de een naar de ander, van de gespannen blik van de een naar de trillende lip van de ander. Ze waren allebei bang voor iets en ik was bang om hen. Ik vond het ook spijtig die eerste barst in hun bondgenootschap te zien.

'Wanneer is Candy weggegaan?' vroeg ik weer.

Even zeiden ze niets, maar er kwam plotseling een vlaag van verveling over hun identieke gezichtjes.

'O, eeuwen geleden,' antwoordden ze eenstemmig.

Dat was het moment waarop ik begreep dat er iets heel ernstigs was gebeurd. Meestal leefden ze in hun eigen wereld, waarin fantasie en leugens zich vermengden tot een onontwarbaar kluwen. Ze kregen nooit genoeg van hun spelletjes; als ze verveeld deden, moest het om iets echts gaan. Ik wilde helder blijven nadenken, maar de stank van het strand en het wrakgoed overstelpte me.

Er hing geweld in de lucht in Larenguebec. Ik voelde me in de greep van emoties die niet bij me hoorden. Nu was ik weer boos, misschien al voor de derde of vierde keer die dag. Ik was dat gevoel niet gewend. Ik keek naar het zand vol rommel en vervloekte die plek, die alleen maar kwalijke gevoelens voor mij in petto had. Met wat ik nog aan energie over had, wilde ik de tweeling en de kinderwagen naar jou en Amadeo brengen om jullie allemaal mee te nemen, weg van dit schaaldierenkerkhof. Toen we bij de kinderwagen kwamen, zag ik dat het nieuwe zonnescherm een waas van levende vliegen was, en dat hij vanbinnen vol lag met rottende krabben. Nu was ik een keer echt kwaad op de tweeling. Ze gebruikten de kinderwagen als een zeelijkkoets. Bij het naderen van de wagen waren de meisjes achterop geraakt, al had ik dat nauwelijks gemerkt. De vreemde, chemische lucht leek met de wind mee van de Centrale te komen, maar er rees nu een ergere stank uit de kinderwagen zelf op. Ik kon er niet bij komen zonder een zakdoek voor mijn gezicht. Ik greep de porseleinen stang met het dunne gouden lijntje en het handelsmerk dat er onder jouw handen bijna afgesleten was. Ik duwde de wagen blindelings door de wolk vliegen die erboven bleef hangen, waarbij de wielen moeizaam door het losse zand ploegden. De meisjes riepen nu iets naar me, maar hun stemmen waren voor mij even onverstaanbaar als de meeuwen. Toen trok er een aan mijn overhemd.

'Papa, niet die kant opgaan, daar is de Centrale, die is slecht, daar komt de stank vandaan.'

Ik strompelde nog een paar meter verder met de kinderwagen, maar hij zakte steeds dieper in het zand. De meisjes jammerden nu. Ze jammerden nooit. Toen ik er geen notitie van nam, holden ze naar voren en versperden de weg.

'Begrijp je het nou niet? Het is daar slecht. Je gaat er dood van, mammie en Amadeo ook!'

Ik wist niet waar ze het over hadden, maar ik begon hun angst te delen. Aan de ene kant wilde ik dat ze verder gingen, aan de andere kant was ik er bang voor. Toen kwam het.

'Mammie zegt dat zij binnen moet blijven, maar dat Amadeo naar buiten moet... om beter te worden.'

'Het is de ziekte,' legde de andere me voorzichtig uit, waarbij ze mijn hand aanraakte om de schok te verzachten.

Ik wilde vragen waar Amadeo was en voelde dat ze me telepathisch begrepen, maar de kracht niet hadden om antwoord te geven. Doordat ik hen aankeek werd de ban gebroken van de Centrale, die me in haar magnetisch veld had getrokken. De ene helft van de tweeling belette me uitdagend de doorgang, terwijl de andere mijn hand had losgelaten en langzaam terugging naar haar zusje. Hun gezichtjes waren wit en strak geworden onder het bruin, ze leken wel van gebrand gips.

Ik begon stukjes krab uit de wagen te halen. De vliegen werden dol. Ik kon nauwelijks ademen, maar ik bleef scharen en schalen en koppen op het strand kiepen. Mijn gezicht hield ik afgewend. De meisjes waren instinctief achteruit gegaan; aan de ontzetting op hun gezicht kon ik zien dat ik Amadeo zou vinden in de wagen. Zijn haar was bijna wit gebleekt, zijn gezichtje was even diepbruin als bij de tweeling, maar zijn lipjes waren gebarsten en de kurkdroge huid was aan het schilferen. De stroken van zijn kanten hemdje zagen eruit als vuile verbandlagen. Hij lag er volstrekt bewegingloos bij, gevangen in de abominabele stank. Ik streelde zijn warme voorhoofd, maar zijn enorme grijze ogen maakten zich niet los van het punt op de zijkant van de wagen waar hij naar staarde. Ik hield mijn adem in, bukte me en fluisterde tegen hem, maar alleen de vliegen gaven antwoord.

'Hoe konden jullie?' vroeg ik. Maar de tweeling staarde wezenloos naar de zee.

'Hoe lang ligt hij hier al?' vroeg ik.

'O, al eeuwen.'

'Jezus!'

Nu ging de tweeling met de handen in de zij staan, plotseling kwaad omdat ik zo stom deed.

'Hij kan zijn hoofd niet rechtop houden. We zijn naar de Centrale geweest, en nu heeft hij de ziekte, en mammie ook. Ze zegt dat zij in het donker moet blijven, en dat Amadeo in de zon moet.'

'Waarom?'

'Om de stank natuurlijk. Je moet hem niet meenemen naar de Centrale, dan wordt ze woedend.'

Ik probeerde Amadeo eruit te tillen, maar hij piepte toen ik hem aanraakte, ik durfde hem toen niet meer te bewegen. Het was het eerste geluid dat hij maakte sinds ik hem gevonden had. Ik kon me nauwelijks bewegen, zo stijf waren mijn gewrichten van het boze voorgevoel, maar zijn zuchtje gaf me de moed om de wagen te keren en in de omgekeerde richting te lopen, weer naar het dorp en het huis en naar jou, Rosalind.

'Waarom heeft Candy geen dokter gehaald?'

'Candy was bang, die is gewoon weggelopen.'

'Niet waar, ze is in de zee gevallen.'

'Ze is een stom mens, ze zag dat Amadeo dood wakker werd, ze zag het en ze zag dat het daarvoor allemaal nog goed was geweest, en ze zag dat hij dood wakker werd en toen is ze gewoon bij ons weggegaan.' De meisjes plukten en trokken nu aan elkaars zwempakken, de blauwgroene wol rekte uit, ze stonden klaar om het kapot te trekken en te gaan vechten, maar weer was er één in tranen.

'Niet waar, dat heeft ze niet gedaan, ze is in de zee gevallen.'

We kwamen bij het begin van de heuvel en ik duwde de kinderwagen nu harder vooruit, zwoegend in de nog steeds hete zon. De dorpelingen stonden naar ons te staren. Ik zag dat de vier kaartspelers uit de bar nu ook op straat stonden, fronsend en mompelend. Er spuugde iemand op de grond toen de meisjes voorbijkwamen, de klodder kwam een centimeter of tien van hun in sandalen gestoken voeten terecht.

'Waarom haten ze ons zo?'

Het leek hun niet te kunnen schelen. Ik was jaloers op hun vermogen aan hun omgeving te ontsnappen toen ik hen zo de heuvel op zag stappen met hun schepjes en hun blaren en hun verwarde haren: gewoon twee kinderen van acht, op vakantie in Frankrijk.

'Er is hier geen dokter,' zei er een. Toen begon de ander, in antwoord op mijn vorige vraag: 'Ik denk vanwege de stank, ze haten hier zowat alles.'

'Wat dan bijvoorbeeld?'

'Nou, de Centrale, en Candy, en de anderen.'

We liepen verder, begeleid door de starende blikken en de hitte.

'Mammie heeft een dokter nodig,' zei er eentje uit zichzelf. Samen gingen ze verder: 'Daarom hebben we jou gebeld.'

Ik duwde voort, zij liepen te zwaaien met hun schepjes.

'Er is hier geen dokter.'

Bij de winkel wilden de meisjes van alles hebben. Ze wilden toverballen en klapkauwgom uit de automaten buiten, en ze wilden een nieuwe schep om nog meer krabben te begraven, en ze wilden paardenvlees voor de poes. Ik durfde die winkel niet in, het was al erg genoeg om langs de dorpelingen te lopen, die smerige stinkkinderwagen de heuvel op te duwen en te zien hoe er blikken werden gewisseld als we voorbijkwamen. De tweeling liet de eis van de toverballen varen en liep voor me uit alsof het hele gedoe hun niet aanging. Toen we de kruising naderden voelde ik dat ik steeds zwaarder op de wagen ging leunen door mijn slappe knieën. Er leunde een dikke, zweterige jongen met slome ogen van een jaar of zestien tegen een muur. Toen de tweeling langs hem liep, deed hij een uitval en graaide naar de platte, zongebruinde borst van het dichtstbijzijnde meisje. Ondertussen loerde hij naar mij met een onaangenaam soort verstandhouding. Wat er vervolgens gebeurde zag ik niet, maar de jongen trok zijn hand terug, die bloedde uit een diepe snee.

'*Putains*,' zei hij, terwijl hij zich weer tegen de muur liet vallen en naar zijn wond greep. De tweeling was trots op zichzelf, ze lieten me de aangescherpte inktvisschelp zien die ze in de hand hadden.

'Ons zullen ze niet aanraken.'

'Niet na wat ze met Candy hebben gedaan.'

'Wat hebben ze met Candy gedaan?' vroeg ik mijns ondanks, mijn eerdere zwijgen verbrekend.

'Nou, dat zullen ze niet met ons doen,' zeiden ze beslist en liepen verder de heuvel op, zwaaiend met hun versleten schepjes.

Ik was nooit echt op Candy gesteld geweest, maar ik vroeg me toch af wat er met haar gebeurd was; wat had ze gedaan in dit godverlaten oord? De taxichauffeur had gelijk, dit was geen plek voor mensen zoals wij. Ik vroeg me zelfs af of ze haar echt in zee hadden gegooid, maar dat leek me niet. De tweeling loog veel en vaak, maar vandaag loog de ene niet en de andere was alleen maar bang. In elk geval kon ik me over Candy niet erg druk maken. Ze had nooit veel voorgesteld, het verbaasde me niet dat ze hier in Frankrijk ook niets waard was geweest. Om haar kon ik me eigenlijk niet bekommeren, ik moest me bekommeren om Amadeo, de vliegen van hem afhouden, teruggaan, hem weer beter maken, maken dat mijn oeroude tweeling op de een of andere manier weer acht jaar werd, en vooral zorgen dat ik jou vond.

Toen we bij het huis kwamen, hing er een dronkaard op de weg, die met zijn hond zat te knuffelen.

'Dat is Pierre,' fluisterde een van de meisjes. 'Hallo Pierre.'

Hij staarde haar verward aan, zijn blik gericht op een punt tussen haar en haar dubbelgangster; waarschijnlijk zag hij vier meisjes in plaats van twee. Hij draaide zijn hoofd om zonder te antwoorden.

'Hij zegt nooit iets,' legden ze uit.

De deur was nog op slot toen ik eraan voelde, maar de tweeling was doorgelopen om het huis heen, en beduidde dat ik mee moest komen. Ik duwde de wagen een zandpaadje op, met het gevoel dat hij elk moment boven op mij kon vallen. Eenmaal in de achtertuin moest ik nog een klein trapje af, daarna een voetbruggetje over naar de deur.

'En Amadeo dan?'

'O, die laten we altijd hier, je krijgt hem de trap niet af, dan valt hij om.'

Er was een uitzicht over de daken, en de baai die in een wijde boog naar de punt van Normandië liep. Gras en onkruid, verbrand door de lange zomer, was tot kniehoogte opgeschoten. Ik probeerde de arme 'Deo er weer uit te tillen, maar zijn kleertjes kleefden vast aan de matras. Toen ik hem bewoog was de stank erger dan ik verdragen kon: ik moest kokhalzen.

'Maak het niet zo erg,' kreunde er een. 'Wij leven er al weken mee.' Ik rechtte mijn rug, keerde me om en probeerde hem nog eens op te tillen.

'Mammie denkt ook dat hij nog leeft. Ze stuurt hem naar buiten in de zon om beter te worden. Ze wordt laaiend als ik haar probeer te zeggen hoe lang het al zo is.'

'Maar hij gaf een zucht,' zei ik, 'hij piepte.'

Ze kwamen nu allebei naar me toe en we hielden elkaars handen vast boven de brandnetels. De een zweeg, de ander sprak.

'Dat komt door de vliegen. We willen hem begraven, maar dat durven we niet. Mammie denkt dat het door haar ziekte komt dat ze 'Deo zo ziet. Daarom begraven we de krabben maar, en, zie je, zo kunnen die mensen niet naar hem kijken, ze hebben allemaal de ziekte, denk ik... Candy was een stom mens, zij zag dat hij dood wakker werd.'

Degene van de twee die zweeg had mijn hand losgelaten en was op de bovenste tree neergezakt. Het viel me op dat er, zeer ongerijmd, in de wildernis van brandnetels langs de helling een rozenstruik en een lathyrus bloeiden.

10 *Rosalind*

Soms kan ik me herinneren dat het donker was op de zolder. Ik had het donker nodig. Ik herinner me dat niet graag. Soms probeerde de ochtend mijn donker te stelen. Hathers zegt dat ochtenden voor legpuzzels zijn. Ochtenden zijn legpuzzels. Mijn kinderen zijn stukjes. Ik kan hun goede plek niet vinden. Ik weet waar ze horen, maar ik weet niet goed hoe ze daar moeten komen. Hathers doet uren over puzzels; ik kan de stukjes meestal vlug vinden en voor haar op de goede plek leggen. Soms wil ze ze zelf leggen, dan leg ik ze dicht in de buurt. Ze is vandaag niet gekomen, al een hele tijd niet. Als ze wist hoe mijn donker gevaar liep, kwam ze wel denk ik. Ze heeft nooit geweten dat ik me verstopte. Dat heb ik haar niet verteld. Als ik haar verteld had dat oom Bertie en ik ons verstopten, zou het vast wel goed geweest zijn. Als ze het wist, zou ze komen. Ze zou nu in mijn kiertjes licht komen en de gordijnen eroverheen trekken. Als ik het niet steeds verkeerd had gedaan, dan zou ze komen.

Toen we hier aankwamen, was ik meteen al bang. Het leek of de mensen met hun gekijk mijn hoofd wilden leegscheppen. Ik zag de krabbenschilden op de straat en ik dacht, zo willen ze ook mijn schedel leegscheppen. Ze spuwden de hele tijd. Ik moest daar weg zien te komen. We waren te dicht bij mijn narigheid in de Tanza Road. Soms kon ik zelfs de klokken horen en dan werd ik treurig om Amadeo. Ik probeerde het William uit te leggen en ik denk wel dat hij het begreep, maar dat hielp niet echt vanbinnen, want wat ik nodig had was niet begrip, maar mijn baby terug. Dat is wat vrouwen voelen, denk ik, als hun kindje doodgeboren is. William dacht dat ik bij hem vandaan wilde, maar dat was niet zo. Als we thuis waren ging ik de deur uit. Ik ben een keer naar het Royal Free Hospital gegaan en heb aan een meisje op de administratie gevraagd wat ze daar deden met doodgeboren kinderen. Ik deed of mijn zusje er een had gekregen, twee jaar geleden, toen mijn Amadeo geboren werd. Ik zei dat zij wilde weten waar het begraven was. Ze zocht het voor me op en vertelde me over de grafheuvel op het kerkhof van Highgate, waar de naamloze kinderen heengaan. Ik ging daar ook heen. Ik probeerde me heel goed te concentreren om op het gevoel te ontdekken in welk deel van de grafheuvel mijn eigen dode kindje begraven kon liggen. Ik wilde William vragen me te helpen. Maar ik wist dat hij alleen maar zou volhouden dat de baby niet gestorven was, dat Amadeo het was. Dan zei ik weer dat er twee Amadeo's waren: mijn nieuwgeborene, die stierf omdat ik hem niet wilde laten komen, en de andere die bij ons woonde. Identieke tweelingen, net als de meisjes, maar dan jongens, en een evenbeeld van Angelo.

De mensen denken dat het noemen van een dode

je bedroefd maakt omdat de herinnering terug komt. Ze denken dat het slecht voor mij is als ze iets over mijn doodgeboren kindje zeggen. Maar ik heb het nodig om over hem te horen. Ik heb het nodig zijn naam te horen, zijn graf te zien, mijn verdriet te verwerken. Ik heb dat tegen William gezegd. Ik heb hem uitgelegd dat er voor mij twee Amadeo's moesten zijn. Daarna praatte hij soms over allebei, maar nooit op een vanzelfsprekende manier. In sommige landen hebben de mensen speciale riten voor rouw en accepteren ze de dood veel gemakkelijker dan wij. Als er een dodenwake was geweest en een echte begrafenis, dan zou ik me misschien niet zo schuldig hebben gevoeld over mijn verloren kind. Toch weet ik het niet: je moet je schuldig voelen als je iets verkeerds doet. Toen de Amadeo's geboren waren en ik uit het ziekenhuis kwam, ging ik biechten. Ik wilde boete doen voor de ene die ik verloren had. Pater Harrison zei dat ik rust moest nemen. De week daarop ging ik weer, maar in de tussentijd moet hij met mensen gepraat hebben, want hij begon dingen te verhullen, te doen of er niets was gebeurd. Hij zei een heleboel onzin tegen me. Hij wou niet luisteren. Hoe kan ik tot rust komen met al die schuld? Hoe kan ik tot rust komen als ik het niet eens kan biechten?

Ik begon in de war te raken van die dingen. Ik dacht dat ze weg zouden gaan als ik weg zou gaan, ergens naar de zee. Ik had geen idee van de Centrale. Overal waar ik me verstop deugt het niet. Deze keer zocht ik een plek waar stralingsziekte heerste. De hele lokale bevolking leed eraan. Vanaf de eerste dag kon ik zien dat er iets vreemds met de mensen was. Als ik mijn ogen dichtdeed, probeerden de klokken me doof te maken. Deed ik ze open, dan was Angelo er. Angelo en Amadeo hadden dezelfde ogen, dezelfde krullen, dezelfde wasachtige schoonheid. Angelo had mijn doodgeboren baby in zijn armen, hij droeg hem weg van het voeteneind van mijn bed zoals de dokters hadden gedaan. Alleen de aanblik van Amadeo die in de zon aan het spelen was, kon die verschijning verdrijven. Hij houdt van de zon. Ik hou van de schemering en van het donker, maar hij houdt van de zon.

Daarom kwam ik overdag naar buiten met Candy en de meisjes en liep spitsroeden tussen de blikken van de dorpelingen. Dan gingen we naar het strand met onze picknick en onze wijn en het speelgoed, en dan was hij zo blij, dan lachte hij en rolde over het zand. Daardoor voelde ik me sterk genoeg om van elke kwade dag naar de volgende te gaan, en er was iets in mij dat zich probeerde te ontspannen. Candy joeg de tweeling angst aan door dingen over de Centrale te vertellen die ze in het dorp had opgepikt. Ik had het gevoel dat Candy zichzelf niet was. Ik waarschuwde haar niet te flirten. Ze zei dat ik jaloers op haar was. Ze had verkering met een man uit Guernsey die gestrand was met zijn boot. Hij moest het tij afwachten. Hij was bijgelovig en vertelde haar rare dingen over de Centrale. Op sommige dagen, als de zon op de ketels brandde en flitsend weerkaatste over het strand, kreeg ik ook een raar gevoel over de Centrale, maar ik wilde niet dat de tweeling bang werd. We gingen altijd naar het lange strand met het zand en de klippen. Eén keer echter nam ik ze mee de andere kant op, naar het zandstrand voor de Centrale. Ik wilde laten zien dat ze bij mij veilig waren.

We hadden een heerlijke dag. Het was een zondag weet ik nog. Nu realiseer ik me dat ik dat beter niet op zondag had kunnen doen, maar toen dacht ik daar niet aan. Er stond een vrachtwagentje naast de bar dat geroosterd lamsvlees van het spit verkocht; we kochten veel warm vlees en vers brood en appelsap en wijn. We speelden *boules* op het strand. Amadeo speelde mee en werd heel handig in het rollen van de kleurige houten ballen. De gele kon hij altijd raken. Dat kwam omdat hij van de zon hield. Het was de eerste dag dat de tweeling zich werkelijk leek te ontspannen. Na de lunch kreeg Amadeo meestal slaap. Gewoonlijk reed ik hem dan terug en ging met hem in het donker zitten terwijl hij zijn middagslaapje deed. Die dag draaide ik hem van de zon af. Ik weet nu dat ik hem niet in de richting van de Centrale had moeten draaien. Ik dacht dat hij zo schaduw zou krijgen, maar het maakte hem alleen maar ziek.

Die nacht kwam Angelo bij me zitten op de zolderkamer. Hij had mijn doodgeboren kindje meegebracht. Hij had het de kleren van Amadeo aangetrokken, die veel te groot voor hem waren. Hij gaf mij het dode kind, maar ik wist dat ik het niet moest aanpakken, want als ik dat deed zou het mijn levende Amadeo kwaad doen. Toen ik het hem wilde teruggeven, veranderde hij in de klokken en de klokken spraken weer. 's Morgens gaf hij het kind aan Candy. Het was net een grote pop, met de ogen van Amadeo. Candy probeerde het ook aan mij te geven, maar ik wist dat ik het nog steeds niet moest aanpakken. Ik weet niet waar Candy heen is gegaan. Ik denk dat het tij keerde en dat ze is weggevaren met die man uit Guernsey. Daarvóór hadden mensen uit het dorp haar al aan het huilen gemaakt. Ik had haar gewaarschuwd. De tweeling liep in en uit. De meisjes wisten blijkbaar niet genoeg spelletjes zonder Candy. Ze bleven mij steeds lastigvallen. Soms brachten ze het doodgeboren kind weer bij me. Ze bleven maar vragen of ik het opnieuw wilde begraven. Ik ben op die plek in Highgate geweest waar de dode baby's heen gaan. Ik heb op die heuvel gestaan. Ik kan niet aan al hun spelletjes meedoen. Ze hebben spelletjes die deel uitmaken van hun wereld en ze begrijpen niets van de twee Amadeo's. Ik geloof niet dat ze ooit iets geweten hebben van de andere baby. Niemand lijkt daar iets van te weten, behalve William en ik. Het is heel vreemd.

Hathers vroeg mij altijd van alles. Als we naar *Dick Whittington* gingen, begreep ze nooit dat klokken konden spreken. Ik dacht toen dat dat mal van haar was. Nu weet ik hoe moeilijk het is om de mensen iets te laten begrijpen.

Het was donker in de zolderkamer. Ik had behoefte aan het donker. Ik moest huilen als er licht door de deur kwam. Ik moest ook steeds huilen als de meisjes binnenkwamen, want zij waren mijn kinderen, echte kinderen, en ergens had ik ook droomkinderen die ik kwijt was. Ik moet soms nog steeds huilen als ik iets kwijtraak. Er was geen televisie in Larenguebec, er waren geen films.

Toen Amadeo was geboren en zo snel daarop was gestorven dat ik hem doodgeboren noem, kon ik de schuld van het verliezen van mijn kind niet aan, zodat ik deed of hij nog leefde en groeide en soms kwamen ze me daarin tegemoet. William was goed voor me. Misschien zou in een ander land mijn verdriet gewoner zijn geweest. In Ierland of aan de Middellandse Zee zouden ze misschien beter geweten hebben hoe ze mij mijn kind moesten afnemen zonder mijn hart te breken; of misschien kan dat wel helemaal niet. Daarna heb ik twee jaar in een kussen van duisternis geleefd. Ik werd zo gekweld door mijn schuld omdat hij misschien de kracht zou hebben gehad om te leven als de geboorte sneller was verlopen, als ik geperst had toen ze het zeiden, als ik hem niet zo lang binnen in mij had verstopt.

In dat Larenguebec had ik het gevoel dat ik gek werd. Ik dacht echt dat ik het was. Ik dacht zelfs dat William tegen mij was. Hij probeerde mij het kind in dat jurkje te laten zien, maar dat liet ik niet toe. De klokken gilden in mijn hoofd en ik gilde ze uit naar hem en toen gingen ze weg. Ze gingen allemaal weg en de volgende dag gingen we naar Zwitserland. William wilde dat ik naar een kliniek ging, een gekkenhuis. Dat wilde ik niet, maar ik dacht: ik ben nu beter, en hij heeft mij twee jaar lang mijn zin gegeven, en daarom geef ik hem nu een paar weken zijn zin. Ik vond het eigenlijk wel leuk in die kliniek. Ik had televisie op mijn kamer en een video en er was een prachtige tuin. Ik kan me niet herinneren hoe lang ik daar ben geweest, ik denk zowat een maand. Sommige dokters waren een beetje lastig, maar over het algemeen vielen ze mee. Er was er een bij die altijd over mijn carrière praatte. Ik neem aan dat er actrices zijn die graag over hun films praten, maar ik niet, eerlijk gezegd. Ik praat liever over alles wat je verder maar bedenken kunt. Alles, behalve misschien de Amadeo's. Er was daar nog een dokter, een Duitser, die door hen geobsedeerd was. Ik heb mijn best gedaan voor hem, maar hij was een hopeloos geval.

Toen we naar Londen teruggingen waren William en ik elkaar weer heel nabij. Hij leek alleen zo verdrietig, zoals ik daarvóór was geweest. Ze hadden me in de kliniek naar dat grafje in Highgate gevraagd. Er was niet veel dat ze me niet vroegen. Ik had zin om te zeggen dat ik al waar voor mijn geld kreeg door de tuin en de video, dat ik me prima voelde en dat ze niet zo energiek in mijn psyche hoefden te graven. Maar ze moesten nu eenmaal hun werk doen, neem ik aan, en ze konden niet weten dat ik alleen maar gekomen was om Willie een plezier te doen. Bijna alles wat ik hun vertelde kwam ook bij Willie terecht. Het zou een stuk makkelijker zijn geweest als ze hem gewoon een stoel hadden laten bijschuiven om mee te luisteren: ik vertelde hun niets dat hij niet mocht horen.

Toen we terug waren in South End Green vroeg William mij hem mee te nemen naar het graf. Het is een gewoon gemeenschappelijk graf. Ik heb iets tegen het idee van massagraven. Het lijkt zo ongepast, behalve als er een oorlog is of een epidemie. Ik liet hem de grafheuvel zien, later zijn we er nog een paar keer samen heengegaan. Arme Willie, soms lijkt hij zo bang. Eerlijk gezegd denk ik dat hij bang is van mevrouw King.

Ik heb altijd gewild dat de tweeling naar school zou gaan. Ik probeerde William steeds uit te leggen hoe het in mijn kindertijd was geweest: dat ik nooit naar school was geweest, hoe ik dat had gemist, hoe onbeschermd ik me had gevoeld. Hij haatte het idee van een kostschool. Hij vertelde me van zijn school en de vreselijke tijd die hij daar had doorgemaakt. De verhalen die hij me erover vertelde waren zo gruwelijk dat ik een maand of wat overtuigd was, maar dan begon ik hem er weer over door te zagen. Het is anders voor meisjes. Meisjes moeten beschermd worden, goede bedoelingen zijn niet genoeg. Niemand had zulke goede bedoelingen als Hathers, maar zij had me niet kunnen beschermen. Bovendien was de tweeling zo slim en zo wild dat ik er bang van werd. De meisjes zelf leken een kostschool altijd een leuk idee te vinden. Ik neem aan dat dat voor een deel kwam doordat ik hen had ingefluisterd hoe fijn het daar zou zijn en van welke gemakken ze daar zouden zijn voorzien. Ze wisten dat Willie niet van 'die schoolpraatjes' hield. Ik denk dat zijn herinneringen nog te pijnlijk waren. Maar telkens wanneer ik hem zover kon krijgen, spraken we over de voors en tegens van al de mogelijke instituten. In de loop van de jaren hadden we voor de meeste grote scholen en een aantal kleine, zelfs voor een paar in het buitenland, de formulieren ingevuld, het inschrijvingsgeld betaald en de namen van de tweeling opgegeven.

Ik zou de kwestie van een school voor de tweeling nooit hebben doorgedreven als William ertegen was gebleven, maar ik was blij toen hij ertoe besloot. Toen ging het ook met bijna onfatsoenlijke haast. Er waren niet veel scholen waar we het allemaal over eens waren. Bij het doorbladeren van de brochures vond ik meestal de ene leuk en zij de andere. Tegen de tijd dat ze acht waren, ging de keus tussen een school in Gloucestershire, twee aan de zuidkust, één in Schotland en nog een paar andere. Toevallig was er ook een in Zwitserland, vlak buiten Lausanne, die we allemaal leuk vonden, maar die altijd 'een beetje te ver weg' had geleken. Deze school lag niet alleen aan de oever van het Meer van Genève, maar had ook een privé-dierentuin, met otters, chimpansees en wombats. De tweeling was bezeten van wombats. Misschien dacht William dat een school in het buitenland niet zo gauw op zijn eigen oude school zou lijken – ik weet het niet.

We hadden een flat in de kliniek. Of liever, ik had mijn kamer in het hoofdgebouw en zij hadden een appartement in een chalet op het terrein. Nadat William hun de school had laten zien, waren de meisjes zo opgewonden dat ze over niets anders meer konden praten. Toen ze terugkwamen lag de bagageruimte van de huurauto vol met nieuwe en tweedehands kleren uit de schoolwinkel, en we hadden de volgende twee dagen nodig om naamstrookjes in te strijken en er met inkt de namen op te schrijven. Ik had willen wachten tot we de goede, geborduurde naamstrookjes konden krijgen, zoals mijn neefjes ze hadden. Maar iedereen was veel te ongeduldig.

Toen die neefjes van mij een keer met Kerstmis op bezoek kwamen en ik een jaar of negen was, was ik ontzettend onder de indruk geraakt van al hun naamstrookjes. Zelfs op hun hemden en sokken zaten blauwe en witte strookjes met George of Edmund Palliser erop geborduurd. Ik had toen visioenen van tientallen figuren, handiger dan Hathers, die al die namen met de hand hadden gemaakt, en tegen oom Bertie maakte ik de opmerking wat een enorm werk dat moest zijn geweest. Ik kon het nauwelijks geloven toen hij zei dat het in zes weken werd gedaan. Waarom zes weken? Nog jaren bleef dat voor mij een magische tijdsduur. Mijn dorp lag ver af van de wereld van postorderbedrijven en naaimachines waarmee je kon borduren. Zes weken later kwam er een dikke brief voor mij, die naar de kinderverdieping werd gebracht, door Hathers werd geopend en vervolgens aan mij ter hand gesteld. Ik stierf bijna van opwinding. Ik had zes dozijn naamstrookjes gekregen, elk met mijn eigen 'Rosalind' erop in schuine, rode letters, de 'F' van Florence en de 'V' van Vivienne, en dan mijn achternaam op een lang, afgezoomd reepje wit katoen. Het was het fijnste cadeautje dat ik ooit had gekregen. Ik had geen zes dozijn dingen om ze op te doen, maar Hathers en ik naaiden ze op mijn zakdoeken en teddyberen en washandjes, en ik deed er zelfs een met doorzichtig plakband om mijn vingerhoed. Er zat een bestelbon bij de strookjes op Bertie's naam, verder niets. Ze gaven me het gevoel dat ik beroemd was. Ze kwamen uit Nottingham. Ik was nooit in Nottingham geweest, maar nu waren er overal in de Midlands mensen bezig geweest mijn naam te borduren. Honderden naaisters, dacht ik, moesten zich hebben afgevraagd waar die F en die V voor stonden. Ik kwam bijna in de verleiding om een ingezonden mededeling naar de regionale krant te sturen dat de V van mijn moeder kwam en de F van een naam in de familie die alle meisjes Palliser droegen. Toen ik beroemd werd door de film heb ik nooit zo gebloosd van trots als door dat pakje katoenen strookjes met mijn naam erop. Ik weet nu dat ze machinaal gemaakt worden, maar het blijft waar dat er iemand achter de machine moest zitten, de order opnemen, de steekjes controleren.

Ik kon zien dat de tweeling ook trots was, zelfs op de plakstrookjes met onafwasbare inkt. Het was vreemd om hun identiteit op te delen in twee stapeltjes kleren, twee bosjes potloden. Ze hadden altijd een gezamenlijk voorraadje gehad. Ik weet niet of ze ooit echt over zichzelf dachten als twee mensen, met verschillende namen. Ik schreef de namen voor hen op, maar toen de uniformen en de kleren voor thuis verdeeld moesten worden, leken ze het er niet over eens te kunnen worden wie Florence was en wie Harriet.

Ik stelde voor dat ze zich zouden houden aan hun medaillons, maar ook dat loste het geschil niet op. Het werd er alleen maar erger van. Degene die 'Harriet' op haar medaillon had staan, beweerde dat ze het nog de vorige week had geruild.

Ze hadden elkaar weer bij de mouwen vast, wat vaak hun manier van vechten was. Ze stonden dan koppig tegenover elkaar, soms urenlang, hielden elkaars mouwen bij de ellebogen vast en keken elkaar strak in de ogen. Ik had al zoveel gevechten van de wil meegemaakt dat ik besloot te bemiddelen voor ze uitgeput zouden zijn.

'Waarom maken jullie niet een lijst van alle keren dat je van medaillon geruild hebt, en dan mag degene die zich de meeste keren herinnert haar eigen naam kiezen?' Het had een magische uitwerking. Het maakte niets uit of mijn suggestie een goed idee was of niet; elke tussenkomst van buiten bracht hen onveranderlijk weer op één lijn. In een volmaakt gelijktijdige beweging lieten ze elkaars ellebogen los, ontspanden zich en toonden als gebruikelijk hun verenigd front, door zonder voorbereiding als uit één mond te gaan praten, de gewoonte die zoveel mensen van hun stuk bracht.

'Het kan ons niet schelen wie wie is, kies jij maar.'

Het was altijd mijn wens en mijn besluit geweest ze naar school te sturen, maar toen het einde van de week naderde en ze zich klaarmaakten om te vertrekken, had ik ze liever nog bij me gehouden. Ze leken zo gretig om weg te gaan, bij andere kinderen te zijn. Ze hadden nooit eerder enig verlangen getoond om met hun leeftijdgenootjes te spelen, maar het leek of ze op de een of andere manier waren teruggevallen, of ze jong wilden zijn, acht jaar, en gewone spelletjes doen. Het was of ze hun voorlijkheid in Larenguebec hadden begraven.

Ik realiseerde me hoe ziek ik moest zijn geweest in Larenguebec toen ik de staat zag waarin hun handen verkeerden. De palmen zaten vol blaren, aan de randen zat eelt. Zelfs toen ze naar school vertrokken zaten er nog ruwe plekken op, ondanks de zalfjes en zwachtels die ik de hele week had gebruikt. Ze hadden altijd van graven gehouden. In de Tanza Road groeven ze ook vaak. Ze hadden een soort kuil achter de struiken, waar ze uren en uren in rondschepten en wormen en mieren en duizendpoten naar boven haalden en op regenachtige dagen slakken zochten. Ze hadden een hartstocht voor het verzamelen van dieren, vandaar dat ze zo graag naar een school met een dierentuin wilden. Natuurlijk proberen dierentuinen dieren levend te verzamelen en ook in leven te houden, een streven dat de tweeling moeilijk kon begrijpen. Maar graven vonden ze altijd leuk.

Toen ze een jaar of vier waren kwam mijn moeder een keer op bezoek, en was verbaasd hoe diep hun kuil was. Ze zei: 'Hemeltje, ze graven zo hard, als ze zo doorgaan halen ze straks je oom Bertie uit Australië nog boven.' Daarop keek ze mij aan, bloosde een beetje en ging naar binnen. Het was de eerste keer dat ze Bertie had genoemd sinds ik als kind zonder woorden uit de gratie was geraakt. Het had een vreemde uitwerking op me. De tweeling praatte toen nog niet, en zou nog twee jaar geen woord zeggen. Toen de meisjes klein waren, gaven ze vaak niet de indruk dat ze hoorden of begrepen wat er tegen hen werd gezegd, maar in dit geval deden ze dat wel.

We gingen naar Brancaster toen je vader gestorven was. Ik ging niet naar de begrafenis. In plaats daarvan ging ik met de meisjes naar het strand. Eigenlijk had ik wel moeten gaan, maar ik kon die troosteloze pastorie zelfs voor een paar uur niet verdragen. Aan de andere kant wilde ik je niet de hele langdurige reis alleen laten maken om dan terecht te komen in die kerk en op dat kerkhof, waar je je dode vader moest volgen in zwijgende eerbied, zoals hij je ook altijd had laten doen toen hij nog leefde. Daarom ging ik naar Brancaster, dat in de buurt lag en een hotelletje had en een strand voor de meisjes, terwijl jij naar de begrafenis ging. Ik was zwanger van Amadeo, weet ik nog, en het was heel heet. Ik zat op een handdoek op het strand een boek te lezen, terwijl de meisjes naast me een kuil groeven. Niet lang daarvoor waren ze begonnen met praten, en alleen al het horen van hun stemmen was een genoegen na zoveel jaren zwijgen.

Ik vroeg: 'Wat graven jullie?' en ze zeiden, allebei tegelijk zoals altijd: 'We graven een kuil voor jou om naar je oom Bertie in Australië te gaan.'

II *William*

Ik had geen moment het idee gehad dat Amadeo dood was. Zelfs toen ik hem in de kinderwagen op het strand onder de krabben vandaan zag staren, kwam het niet bij me op dat hij niet meer leefde. Hij zag er niet ziek uit, of gewond, hij zag er gebruind uit. Hij voelde warm aan. Toen ik hem daar voor het eerst zag, was ik eerst geschokt en toen kwaad. De tweeling behandelde hem als een pop. Ik weet dat een baby die koorts heeft er heel stil bij kan liggen, maar ik had hem aangeraakt en hij had bewogen, en ik weet dat hij een geluid had gemaakt. Het was, denk ik, het geluid dat uit een verwaarloosd lijkje kan komen. Eigenlijk had hij veranderd horen te zijn: het was of iets de gewone gang van de natuur buiten werking had gesteld en zijn geheimzinnige schoonheid had bewaard. Misschien kwam het door het hete zand dat de tweeling om hem heen had opgehoopt, het zout van de krabben, of door een ander vreemd verschijnsel dat mijn begrip te boven ging, maar hij zag eruit of hij leefde. Zelfs later die avond toen ik hem begroef, leek het of hij leefde.

Wat ik eigenlijk wil zeggen is, dat hij er niet dood uitzag. Er was niets onaangenaams in de manier waarop hij eruitzag, behalve het schilferen van zijn huid en zijn vieze kleertjes. Ik was de hele tijd terwijl ik hem over het strand en naar huis reed, boos geweest dat mijn zoon, of wiens zoon dan ook, bedolven had gelegen onder de krabben. Het had iets obsceens, en Amadeo was altijd zo kraakhelder als het om luchtjes ging. Hij zag er geen been in om het hele huis van binnen vol te smeren met jam of chocolade, maar een vieze lucht kon hij niet uitstaan. Hij was ook gevoelig. De meisjes raapten dode duiven van de straat en brachten ze mee naar huis om ze te bewaren zolang niemand het merkte. Maar Amadeo huilde om elk dood dier op de stoep, en wilde alle hoopjes veren die zijn zusjes onder hun bed verstopten weer tot leven wekken. Wanneer ze hun heksenjachten in de tuin ondernamen, gewapend met stokken en blikjes, pleitte hij zelfs voor het leven van de slakken. Waarom moest uitgerekend hij bedekt worden met die rottende resten?

Ik kon zien dat de meisjes het erg vonden. Wat ik toen niet besefte was dat ze het erg vonden voor jou en de baby, niet omdat ze dachten dat ze zelf iets hadden misdaan. Ze hadden een last te dragen gekregen die niemand zou moeten dragen, zeker een kind van acht niet. Op het dieptepunt van je ziekte, toen je hallucineerde in het donker en van de rede was afgesloten, namen ze niet alleen de baby mee, ze namen jou, Rosalind, instinctief in bescherming. Ze bedekten Amadeo met krabben zodat niemand jou iets kon verwijten, hun moeder, die ziek was en geen verwijt of vijandige inmenging verdragen kon. Ze vonden jou krijsend in de zolderkamer, je wierp wat jullie gedeelde verdriet moest zijn van je af, en toch namen ze je in bescherming. Dag in dag uit verhulden ze jouw waanzin. Dag in dag uit reden zij hun broertje de zon in, zoals jij hun in je schizofrenie had opgedragen. Ze hadden hem kunnen verbergen in de tuin, maar jij wilde dat hij naar het strand ging, naar de zon, en dat deden ze, terwijl ze aanvoelden hoe gevaarlijk een ontdekking zou zijn geweest; ze deden het uit loyaliteit tegenover jou.

Jij had altijd gelijk, Rosalind, alles wat je deed was goed. Zelfs als ze het bewijs van het tegendeel onder hun neus hadden, was het voor hen nog steeds goed. Nu jij ons zoontje hebt veranderd in een product van je verbeelding en hem in je gedachten hebt begraven op het kerkhof van Highgate, hebben zij dat ook gedaan. Jij zegt dat hij nooit heeft geleefd, zij zeggen nooit dat hij is gestorven. Jij zegt dat hij dood werd geboren, zij accepteren die versie van je moederschap. Ouders hebben een vreselijke macht over een kind – ze kunnen de wereld scheppen of vernietigen.

Al die dagen dat de meisjes krabben begroeven, hebben ze denk ik hun ongerustheid begraven. Ze groeven kuilen in het zand. Ze haalden de krabben van Amadeo af en begroeven ze, legden er dan weer nieuwe voor in de plaats en begroeven met dat ritueel hun dode broertje. Toch reden ze hem elke avond terug naar jou, en elke morgen stuurde je hen weer weg. Het patroon herhaalde zich, er kwamen blaren op hun handen terwijl ze steeds langer bezig waren om op het strand schaaldieren te zoeken.

Een plotselinge dood dringt niet werkelijk door op het moment dat het gebeurt. Is de eerste schokgolf voorbij, dan lijkt het of de geest vertraagt en versnelt op vreemde manieren; er treedt een verdoofde zweeftoestand in, waar zo nu en dan een irrationele gedachte doorheen breekt. Toen ik Amadeo uit zijn wagen tilde in de achtertuin in Larenguebec, voelde ik dat hij hard en stijf was. De tweeling zei me dat hij dood was. Ik dacht dat hij een pop was. Een zware pop van was, die iemand op zijn plaats had gelegd. Ik voelde me eensklaps opgelucht. Het was onthutsend geweest hem zo in vuiligheid verzonken te zien op het strand. Nu leek het of ik het begreep. Dit was mijn zoontje niet, dit was een afbeelding van hem die de tweeling gevonden had. Ik was verwonderd dat een afbeelding uit een zo afgelegen deel van Normandië zo op onze Amadeo kon lijken; toen herinnerde ik me Angelo die op het water had gestaan. Zij hadden allebei grijze ogen, en jij had ook grijze ogen. Ik wilde je zien. Ik maakte een beweging om het kind neer te leggen, dat ding van was met zijn kleertjes aan, toen ik met vernieuwde kracht werd getroffen door een golf van stank. Eén kant van mezelf wist dat dit Amadeo was, de echte, een ander deel ontkende dat; maar zelfs mijn gebeente voelde dat er iets vreselijk mis was.

Het was of je een pop droeg, met zijn starre ledematen en het hoofd dat stijf op zijn nek lag. Ik droeg hem het huis in. Ik weet nog dat ik me afvroeg of ik hem buiten zou laten staan zoals de tweeling had geopperd, maar mijn drang om hem te beschermen, al was het ook te laat, was sterker dan mijn redelijk inzicht. Hij was onnatuurlijk zwaar, ik strompelde de trap op. De meisjes en ik spraken geen woord. Zij wisten dat ik naar jou toe wilde en ze brachten me naar de zolderkamer, waar ze een stap achteruit deden om me langs hen heen in het verstikkende duister van je schuilplaats te laten.

Het was daar heet, in die lage zolderkamer onder de kale balken. Ik moest denken aan de droogkamer in de pastorie, de enige warme kamer in het huis, met zijn kastachtige afmetingen en de heetwatertank die warmte uitstraalde. De drie dakkapellen in Larenguebec waren met planken dichtgetimmerd en het enige licht kwam door spleten tussen het hout en de pannen. Afgedankte en kapotte meubels lagen opgestapeld tussen kratten, stapels oude kranten en oude verfblikken. Het was of zich daar een hele generatie lang stof had verzameld dat nooit verstoord was. Tastend liep ik door die lange zolderkamer naar een deur aan de andere kant. Ik weet niet waarom ik dacht dat jij in de laatste kamer zou zijn. Ik denk dat ik gewoon niet wilde dat je in de uitgedroogde misère van die lange kamer zou zitten, en dat ik hoopte, zelfs na alles wat er die middag gebeurd was, dat je ergens een goede, veilige plek gevonden had.

De tocht naar Larenguebec was zoiets als een handschoenrekker, gestoken in mijn lichtgelovigheid. Het leek of ik bij elke stap opnieuw moest definiëren wat het ergste was dat ik kon verwachten. Ik zocht voorzichtig mijn weg door het schemerdonker naar de duisternis van jouw kamer, van de vergane vertrouwdheid van afgedankt meubilair naar de surrealistische broeikas van je waanzin. Toen ik binnenkwam kon ik je eerst niet zien. Het was te donker. Ik deed de tussendeur open en jij gilde.

Ik had je nooit eerder in het echt horen gillen. Je had een keer moeten gillen in de film, en dat had je gedaan met een zo doordringende overtuigingskracht dat de toegang op achttien jaar werd gesteld. Ook de meisjes konden gillen op een manier die maakte dat ik huilend zou willen weglopen. Ik dacht altijd dat ze nog eens ruiten en glazen zouden laten breken, zoals de zangeres in mijn Kuifje-boeken. Het was jouw gil. Ze wisten alles altijd eerder dan ik. Ze moeten die kreet van jou hebben aangevoeld en nagedaan.

Toen ik je kamer in Larenguebec binnenkwam gilde je zo hard dat ik dacht dat je je keel zou beschadigen. Ik kon niet zien in welke toestand je verkeerde, maar ik was bang. Die hele middag ploeterde ik al in de ellende. Toch had ik nog een laatste restje overgehouden van mijn gewone optimisme. Nu ik jouw duisternis had bereikt, was het echter of ik aan het einde van de weg was gekomen, het einde van mijn hoop, en ik vreesde voor je leven. Instinctief ging ik naar je toe om het ergste vlug te weten, om de verschrikking, wat die ook was, onder ogen te zien zodat het gebeurd was. Ik struikelde ergens over maar hield me nog net staande. Ik had Amadeo nog steeds stijf en uitgestrekt in mijn armen. Ik struikelde terug, naar het schemerlicht van de lange voorkamer en legde hem op een stapel oude zakken. Al die lange ogenblikken dat ik bezig was een plekje voor hem te zoeken, mijn evenwicht te hervinden en naar je terug te gaan, dreigde jouw stem het huis af te breken, mijn hoofd te verbrijzelen, ons allemaal te vernietigen.

Toen ging ik weer naar binnen, alleen, in dat ongeventileerde hok, en ineens was je stil. Ik stond daar in de wonderbaarlijke stilte en probeerde mijn ogen in te stellen. Ik hoorde je 'William' zeggen en wendde mijn hoofd in de richting van je stem. Het allerergste leek voorbij. Andere dingen waren nog vreselijk mis, maar niets zou meer zó erg zijn. In het vage licht dat door de deur achter mij viel, zag ik je in een hoek op de grond zitten op een soort vlot, in elkaar geflanst van oude lappen en hoopjes speelgoed.

Het leek toen heel lang stil te blijven. Ik wilde iets zeggen maar wist niet wat, en elke keer dat ik probeerde dan maar te gaan praten en de woorden hun gang te laten gaan, leek mijn tong droog en zwaar te worden. Ik zag dat je me aanstaarde, ik staarde terug. Het was net als die dag dat we Angelo zagen. Je keek toen naar hem of hij je verlossing betekende, of misschien gewoon de belichaming van je dromen. Zo bleven we elkaar roerloos aankijken, tot de stem van de tweeling de betovering verbrak.

'We gaan in de tuin spelen.'

Ik kan me niet herinneren wat we hebben gezegd. Ik geloof niet dat ik veel gezegd heb, maar jij begon te praten. Er leek een vracht woorden uit je te rollen.

Ze waren niet allemaal te begrijpen. Soms vloeiden ze samen in een grote warboel, en dan zei je ineens duidelijke, coherente dingen als: 'Ik ben erg ziek geweest, Willie, goddank ben ik nu weer beter.'

Ik weet dat ik je steeds maar bleef vragen: 'Wat is er gebeurd?'

Daar heb ik nog steeds geen antwoord op gekregen. Maar toen ik het te vaak vroeg, ging je huilen. Je hield op en wenkte me naar je hoek van speeltjes en lange jurken met linten. Ik ging naast je zitten en hield je tegen me aan. Die aanraking maakte me aan het huilen; het begon met stille tranen die uit mijn ogen opwelden en langs mijn gezicht liepen. Ik had zo stil leren huilen om me te kunnen verbergen zonder betrapt te worden door mijn moeder of vader of een van hun gemeenteleden. Later op school kwam het me goed van pas dat ik in mijn metalen bed kon liggen huilen onder de dekking van mijn bovenlaken, zonder me bij de andere jongens door ook maar het minste geluid of de geringste beweging te verraden. Toen ik eenmaal groot was, deed zich nauwelijks meer iets voor waarom ik moest huilen. Ik heb niet gehuild toen moeder stierf, hoewel ik me toen ruim een halfjaar erg kwetsbaar heb gevoeld. Toen wij verloofd waren, heb ik gehuild bij de dood van Hathers, niet voor haar, maar voor jou. Ik heb ook gehuild toen de tweeling geboren werd, om de pijn die jij leed en omdat de bevalling zo lang duurde en omdat ik je niet kon helpen. Toen Amadeo geboren werd, had ik bijna hardop gehuild. Het was toen of er geen eind kwam aan je weeën, geen eind ook aan het flikkeren van het controleapparaat naast je, dat jouw kwellingen weergaf op een onwezenlijk beeldscherm. Dat apparaat bleef maar melden dat alles goed ging, terwijl jij de zusters smeekte om ermee op te houden, om je te laten gaan. Ik hoorde je onderhandelen met de staf van de afdeling, in je delirium belovend dat je je nooit meer zou verstoppen als zij de pijn zouden laten ophouden. Toen zou ik gehuild hebben, als jij mij niet méér nodig had gehad dan ik dat huilen; ergens vond ik de kracht om je erdoorheen te helpen.

In Larenguebec, waar ik je zolderkamertje deelde, deelde ik ook in je tranen, de tranen werden snikken, de snikken werden een enorme huilbui. Toen die voorbij was, was het afgekoeld, en ik besefte dat het veel later was. Jij sliep, met mij verstrengeld, en er gingen stuipachtige rillingen door je heen. Ik weet niet waar de meisjes al die andere nachten hebben geslapen. Later heb ik gereconstrueerd dat ze geslapen moeten hebben in een tweepersoonsbed op de verdieping daaronder. Amadeo werd, zoals bleek, buiten gelaten in de kinderwagen. Die avond echter waren ze de laatste trap opgekomen om jouw rommelig kamertje te delen. Toen ik wakker werd, was het te donker om hen te zien, maar ik hoorde hun rustige, kinderlijke ademhaling aan de andere kant van jou. Ik maakte me los, merkte dat ik me heel slap voelde, maar ook dat mijn huid tintelde. Mijn hoofd was heel helder. Ik liet je daar slapen, rillend en met onze niet uit elkaar te houden dochters naast je. Er lagen een paar oude dekens in de andere zolderkamer, die legde ik over je heen. Toen nam ik het laatste en meest kostbare bundeltje op dat jij had afgedankt en droeg het naar beneden.

Ik vond zijn kleertjes op de eerste verdieping, in een kamertje waar Amadeo geslapen moest hebben en waar hij, in de woorden van de tweeling 'dood wakker was geworden'. Daar stond een versleten houten ledikantje, met aan de ene kant de resten van een roze teddybeer erop geschilderd en aan de andere kant een boeketje bloemen. Ik was op zoek naar schone kleren die ik hem aan wilde doen, maar de aanblik van het ledikant maakte me van streek. Ik wilde niet huilen – dat kon ik ook niet meer, denk ik. Dat het bedje met de spijlen daar stond, maakte me kwaad. Het was of het zelf de dood had veroorzaakt, alsof die spijlen verantwoordelijk waren voor het raadselachtige syndroom dat mijn zoon had gestolen en mijn vrouw zo had gekweld. Waarom moesten ogenschijnlijk gezonde baby's sterven? Waarom moest het mijn kind zijn?

Ik legde Amadeo terug in het ledikantje, alsof ik wou zien of dat wat hem gedood had hem ook weer tot leven kon wekken. Ik dacht dat ik de zware stem van mijn vader in mijn oren hoorde galmen, zoals hij altijd sprak vanaf de kansel: 'En op de derde dag is hij weder opgestaan uit de dood. En zeiden de engelen niet toen ze zijn lichaam zochten: "Waarom zoekt gij de levenden onder de doden? Hij is hier niet, want hij is opgestaan". Ziet mijn handen en mijn voeten, dat ik het zelf ben; betast mij en ziet, dat een geest geen vlees en beenderen heeft, zoals gij ziet dat ik heb.'

Wel, ik rommelde in zijn koffer op zoek naar een schone jurk en ik vond die met kant en borduursel. Toen draaide ik me langzaam om naar het ledikant, in de hoop dat Amadeo weer tegen me zou kunnen praten of weer bewegen en ademen, zoals ik jou ook levend had aangetroffen terwijl ik dacht dat je dood was, en dat ons leven zijn gewone loop zou kunnen hernemen. Mijn hoofd wilde eigenlijk niet draaien, maar uiteindelijk gebeurde dat toch, en daar lag hij nog, als een arm, bevuild afgietsel van onze zoon. Ik moest zijn kleertjes stuksnijden om ze uit te krijgen, en ik moest zijn schone kleren stukmaken om hem weer aan te kleden. Toen tilde ik hem uit zijn ledikant om een ritueel en een begrafenis voor hem te zoeken zoals op de eerste dag van zijn dood had moeten gebeuren, hoeveel dagen dat inmiddels ook geleden was. Ik wikkelde hem in een deken, vreemd genoeg, zodat hij geen kou zou vatten, en toen droeg ik hem over de voetbrug en het trapje op naar de achtertuin, op zoek naar een autoriteit die mijn last van mij kon overnemen.

12 *William*

Toen ik dat grijze huis in Larenguebec verliet en mijn weg zocht door de verwaarloosde achtertuin om de dood van mijn zoon aan te geven, geloofde ik nog in een geordende samenleving en in de autoriteit van de staat. Ik dacht dat ik alleen maar het dorp in hoefde te gaan om de man te vinden die de leiding had, en dat alles dan weer normaal zou worden. Ik ging eropuit om mijn gewone leven weer in een gewoon leven te veranderen, zij het dat het getekend zou zijn door verdriet, en (tijdelijk) geteisterd door ziekte. Ik was overtuigd dat dat kon. De vijandige vervreemding van de plaatselijke bevolking onderschatte ik niet helemaal. Ik besefte dat wat ik te zeggen had een beter gehoor zou vinden als ik Amadeo niet bij me had. Ik wilde de mensen niet laten schrikken of wantrouwig maken, ik wilde alleen door hun gesloten front heenbreken naar de gestelde machten, of in elk geval naar een vorm van bureaucratie. Ik liet Amadeo dus voor de laatste keer in zijn wagen achter en liep de bochtige straat af in de donkere, onverlichte avond. Het dorp was uitgestorven. Het was halftien op mijn horloge – bepaald geen onchristelijk uur, in Frankrijk al helemaal niet. Toch zaten de huizen allemaal potdicht, alsof ze de duivel zelf van zich af moesten houden, en nergens scheen licht. Ik begreep niet waarom deze mensen zo vroeg naar bed gingen, zo hard leken ze toch niet te werken. Ik had die dag geen spoor van visserij gezien op het strand, en de krabben leden duidelijk aan overpopulatie. Wat de reden ook mocht zijn voor deze onnatuurlijke stilte, ik had te maken met een noodgeval. Ik had een dokter nodig voor jou en Amadeo moest een grafje hebben.

Ik klopte krachtig op de deur van het eerste huis op de weg die omlaag naar zee liep. Er kwam geen antwoord. Ik klopte nog eens, maar weer gebeurde er niets. Toen probeerde ik het volgende huis, waar het net zo stil bleef. Ik hamerde op de deur tot er stukjes droge verf van de schilferende panelen in mijn gezicht sprongen. Dit leverde boven mijn hoofd een gerucht op dat zich ontwikkelde tot doorlopend gevloek; daarna werd er een luik opengemaakt en voegde de omtrek van een gezicht zich bij de stem om meer kracht te geven aan de verwensingen. Ik ging een eindje terug, zodat de man me kon zien en sprak hem luid toe in mijn schoolfrans. Ik vroeg hem naar de politie en een dokter. Bij het woord 'politie' klapte hij het luik dicht en verdween zijn huis weer in. Twee huizen verderop draaide ik de volgorde van mijn vragen om, eerst de dokter, dan pas de politie. Dit leek niet het geringste verschil te maken. De bar was gesloten, maar toen ik uiteindelijk kans had gezien het zuur kijkende barmeisje in haar peignoir naar beneden te krijgen om de deur open te doen, werd mij geweigerd van de telefoon gebruik te maken.

Ik besefte hoe moe ik was en hoe slecht berekend op de taak die voor mij lag. Op de een of andere manier kwetste het me vreselijk dat de dorpelingen mij zo afwezen. Ik kon dat niet zien in het licht van de omstandigheid dat ik me als buitenlander indrong in hun leven, ik trok het me die avond allemaal persoonlijk aan. Ik had het gevoel dat ze de pest aan mij hadden, dat ze mij overal de schuld van gaven, dat ze hun handen aftrokken van mij en mijn gezin. Bovenal vatte ik hun vijandigheid en boosheid op als een weigering om te rouwen voor mijn zoon. Ik wilde dat ze allemaal om hem rouwden. Al hadden ze kwaad gekeken en gespuwd naar het kinderlijkwagentje met zijn verborgen dode lijfje erin dat dag na dag de heuvel van hun dorp was op- en afgereden, toch wilde ik dat ze nu verdriet om hem hadden. Ik wilde dat ze de laatste eer bewezen aan het kind dat het mijne was, maar dat ook het hunne had kunnen zijn.

Er zijn tijden dat de mensheid lijkt te putten uit dezelfde bron van emoties. Er zijn altijd momenten van een intens gemeenschappelijk gevoel, waarbij nationaliteit en geloof op de tweede plaats komen en het afleggen tegen de hevigheid van liefde of verdriet. Zelfs in de oorlog is het voorgekomen dat troepen die tegenover elkaar stonden hun geweren neerlegden en wapenstilstand sloten om elkaar een goed kerstfeest te kunnen toewensen. Dat was gebeurd in Frankrijk, waar de soldaten uit hun loopgraven kwamen en over de bevroren modder van het niemandsland liepen om elkaar te begroeten. Ze zongen samen kerstliedjes, ondanks de kilometers lijken en prikkeldraad. Als dat eerder in Frankrijk was gebeurd, waarom, dacht ik, kon dat dan niet nog eens gebeuren? Waarom voelden ze de treurende vader in mij niet aan en kwamen ze niet naar beneden om hun vijandschap te vergeten en uit hun eigen voorraad menselijk gevoel iets te putten voor Amadeo?

Ik ben een hardnekkige optimist. Ik wilde dat dit zou gebeuren. Ik wilde dat hun hart hun zou ingeven dat we allemaal gewoon maar mensen waren. Doelloos liep ik die stille dorpsstraat op en af, ook toen ik allang met kloppen was opgehouden. Ik denk dat ik hoopte dat iemand uit medelijden alsnog zou doen wat ik gevraagd had, een ziekenwagen bellen of de politie, of bij voorkeur allebei. De minuten verstreken en er gebeurde niets, zodat ik de straat uitstrompelde, de kruising over en de weg op die terug leidde naar de beschaving. Voor een voetganger en zonder de onnatuurlijke hitte van die dag, zag de weg er 's avonds heel anders uit.

Na bijna een kilometer zag ik een telefooncel. Ik verwachtte half dat ze vernield zou zijn, maar alles werkte. Ik draaide het alarmnummer en wachtte wat een lange tijd leek op verbinding. Ik vroeg me af wat er gebeurde als er iemand werd neergestoken; bloedde het slachtoffer dan dood in afwachting van het moment dat de telefoniste hem doorverbond? Uiteindelijk kreeg ik niet één, maar drie telefonisten aan de lijn. Elk van hen vroeg ik in langzaam en duidelijk Frans een ambulance en de politie naar Larenguebec te sturen voor een spoedgeval.

'Ik wacht op u bij de kruising,' zei ik.

Op een zeker moment werd ik verbonden met een zwaar verkouden man die beweerde de leiding te hebben van de plaatselijke politie. Ook met hem maakte ik een afspraak, na te hebben uitgelegd dat het om een zaak van leven en dood ging, en bleef daarna buiten staan wachten, op het nog steeds warme asfalt van de weg. Ik zag een bushalte die alleen was aangegeven door een betonnen paal en liep erheen om te kijken. Ondanks de dikke laag graffiti op de dienstregeling, ontdekte ik dat de volgende bus pas op woensdag om zes uur 's middags langs zou komen.

Rusteloos stond ik te wachten, maar er kwam niemand. Ik voelde me kwetsbaar, daar op die buitenweg, en ik begon me zorgen te maken dat jij of de tweeling misschien wakker waren geworden en mij nodig hadden. Ik had door de telefoon niets gezegd over de dood van Amadeo, waarom weet ik niet. Ik wilde geen verkeerde indruk geven voor er iemand kwam. Hoe langer ik daar liep te ijsberen in het bleke maanlicht, des te meer begon ik me ongerust te maken over wat zo'n verkeerde indruk voor gevolgen kon hebben. Jij was ziek, Rosalind, je had hulp nodig, vakkundige hulp, en gauw ook. Het drong tot me door dat er maar heel weinig hoefde mis te gaan of jij zou verloren zijn voor mij, voor jezelf, misschien wel voor altijd. Ik stelde me een ambulance voor met net zo'n bemanning als de mensen uit het dorp, die jou ruw zou behandelen, spuwend en vloekend terwijl ze je van allerlei dingen beschuldigden. Daarna stelde ik me de politie voor, en hoe haar houding zou zijn. Ze stond niet bekend om haar tact en begrip. Waarom had het zo lang geduurd voor het sterfgeval was aangegeven? Hoe lang had het geduurd? Ik wist het antwoord op die vragen niet, en ik wist dat ze jou in deze toestand niet gesteld mochten worden. Waaraan was Amadeo gestorven? Dat zouden ze zeker vragen, ze zouden een lijkschouwing eisen en jouw wonden verder openrijten.

De tweeling loog soms, vaak zelfs, maar niet in Larenguebec. Ik geloofde de meisjes volstrekt, en nu, na jaren, doe ik dat nog steeds. Ik dacht dat de politie uiteindelijk wel zou ontdekken dat Amadeo zo maar ineens was gestorven aan het onverklaarde syndroom dat kinderen doodt tussen nul en twee jaar, en dat geen waarschuwing of respijt geeft aan ouders die hun kind de vorige avond veilig in zijn bedje hebben gestopt. Ja, uiteindelijk zouden ze via de vijandige getuigenissen van de dorpsbewoners weer op het spoor komen van Candy, waar ze ook zat, en haar terugslepen naar de post die ze zo harteloos had verlaten toen je haar het meest nodig had, om zo zonder enige redelijke twijfel te bewijzen dat jij niet verantwoordelijk was voor het gebeurde. Misschien zouden ze meteen merken dat je heel ziek was en psychiatrische hulp nodig had, stelde ik me voor, maar het kon ook zijn dat ze het je zo lastig zouden maken dat je nooit meer beter werd.

Met deze gedachten in mijn hoofd doolde ik

rond bij de kruising en langzamerhand begon ik de komst van de hulp die ik zelf had ingeroepen, te vrezen. Ik had afgesproken dat ik de ambulance en de politie bij de kruising zou opwachten, maar als ik nu zelf eens werd opgewacht? Als ze nu eens de vernietiging van mijn gezin kwamen voltooien, een vernietiging die was begonnen en leek te zijn opgehouden, maar die zo gemakkelijk kon doorgaan? Ze waren laat, erg laat, misschien kwamen ze wel helemaal niet. Mijn gedachten raasden voort. Jij en de tweeling hadden de meeste bescherming nodig. Amadeo moest begraven worden, maar dat kon ik ook zelf doen. Als ze kwamen, dacht ik, wat zouden de autoriteiten dan met hem doen? Ze zouden zijn tere lijfje in een plastic zak stoppen. Het was de vraag of hij zijn kleertjes zou aanhouden. Ineens vond ik het een vreselijk idee dat ze ze zouden uittrekken. Ze zouden hem op een stenen plaat leggen en hem in het lijkenhuis in een soort la schuiven, zoals ik op de televisie had gezien. Daar werden de lijken bewaard waarvan de dood niet was opgehelderd. Ze zouden ook in hem gaan snijden. Er was een speciale zaag die gebruikt werd om de schedel te openen. Ik liep de weg weer af en de telefooncel in, met het irrationele verlangen mijn gesprek terug te halen. Het was of ik dacht dat ik de woorden die ik in de telefoon had gesproken, weer op kon vangen en mee kon nemen. Ik wilde niet dat de vreemde dokters de ziektenleer vooruit zouden helpen ten koste van mijn zoon, of dat gewichtige lijkschouwers zouden beslissen over een zaak waarvan ze de nuances niet zouden kunnen begrijpen. Ik wilde niet dat welk politiekorps ook er weken of zelfs maanden over zou doen om de waarheid te ontdekken die ik meteen had verteld. Ik had een zoon die begraven moest worden. Het ergste was dat ik begon te vrezen voor wat er zou gebeuren als de politie mijn verhaal niet zou geloven, of eigenlijk het verhaal van de tweeling, die tenslotte pas acht was, of als ze Candy niet zouden kunnen vinden. Ik begon te vrezen voor wat ze zouden denken van jouw verhaal. Ik wist niet eens wat jouw verhaal zou zijn. Het leek onvoorstelbaar, maar langzaam sloop de gedachte mijn hoofd binnen dat je door de boosaardigheid van dit oord weleens in de gevangenis terecht zou kunnen komen.

Ik liep terug naar het huis. Ik was bijna net zo bijgelovig geworden als de inwoners van het dorp. Ik weet nog dat ik binnensmonds gebeden liep te prevelen. Zij waren bang voor de Centrale en de Arabieren en het Boze Oog. Ik was bang voor de komst van de politie, voor onvriendelijke ziekenbroeders die je ruw zouden bejegenen, voor iedereen die ons verdriet en ons verlies zou zien en uit jouw totale, gekwetste onschuld iets schuldigs zou willen opmaken. Ik kende heel wat gebeden. Dat hoort ook zo want ik was ermee opgegroeid. Daar in Larenguebec vielen me de gebeden voor de vertroosting van zieken in en ik mompelde ze op weg naar huis. Die gebeden kende ik het best, want als mijn vader me op sleeptouw nam bij zijn ziekenbezoek in de gemeente, herhaalde ik ze altijd binnensmonds. Dat was uit medelijden met die zieke mensen die hun kracht kwijt waren en die, behalve hun pijn en ellende, ook nog eens de herderlijke vermaningen van mijn vader moesten verdragen. Hij arriveerde altijd gewapend met een pond zelf gemaakte pompoenenjam van mijn moeder, en als het een ongeneeslijk geval was, bovendien nog een pot pompoenenchutney. Dan tikte hij op de zondige voordeur en schreed binnen. Hij ging naast het ziekbed staan om de ineenkrimpende, berouwvolle patiënt eraan te herinneren dat hij persoonlijk nog geen dag in zijn leven ziek was geweest. Nadat hij de zieke aldus had vermaand, las hij twee en een halve kolom gebeden voor uit het anglicaanse kerkboek, met een stem die alleen al borg stond voor hoofdpijn. Het abrupte einde van zo'n ziekenbezoek was altijd een waarschuwing aan het betreffende gemeentelid dat mensen die werkelijk ziek waren, doodgingen, althans zodra de Heer bereid was hen te ontvangen – en dat de anderen uit hun luie bed dienden te komen om weer aan het werk te gaan. Hun tranen vatte hij vaak op als een teken dat ze hun veinzerij bekenden. Ik merkte dat ik, vooral bij oudere mensen, graag iets wilde doen als tegenwicht voor de hardheid van mijn vader. Hoewel hij hun dominee was en ik maar de domineeszoon, geloofde ik dat ik iets goed kon maken, hoe weinig ook, door het herhalen van die gebeden, en dat deed ik dus.

Toen ik de achtertuin bereikte, fluisterde ik nog steeds:

'Ik ben voor velen als een wonder geweest,
doch Gij waart mijn machtige toevlucht.
Mijn mond is vervuld van Uw lof,
den gansen dag van Uw luister.
Verwerp mij niet ten tijde des ouderdoms,
begeef mij niet, nu mijn kracht vergaat.
Want mijn vijanden spreken over mij,
wie mijn leven belagen, beraadslagen te zamen
en zeggen: God heeft hem verlaten,
vervolgt en grijpt hem, want er is iemand die
redt.'

In het huis was alles rustig. Ik rende de trap op om te kijken, maar je sliep nog. Ik vond een flinke tuinschop in een keukenkast. Het leek een eigenaardig ding om in de keuken te bewaren, maar ik verbaasde me nergens meer over. Ik schrok me dood toen Malkin, onze poes, door het raam naar binnen kwam. Het was tot dat moment nog niet helemaal tot me doorgedrongen dat je de poes had meegenomen. Hardop bedacht ik dat mevrouw King woedend zou zijn als ze het hoorde; toen besefte ik dat ik te maken had met ernstiger dingen dan de toorn van mevrouw King. Ik kon geen lantaarn vinden, daarom nam ik wat lucifers mee en ging weer naar buiten. Ik liet Amadeo in zijn wagen liggen, want er was me nu evenveel aan gelegen als de tweeling om de schijn op te houden. Ik reed hem naar het lange, verre zandstrand, terwijl ik me sterk bewust was van de maan en de zee en het feit dat ik hier alleen was met mijn dode zoontje en ergens een rest van God, wie of wat die God ook mocht zijn.

Ik was niet gelovig meer. Ergens gedurende mijn jongenstijd was ik daarmee opgehouden, maar ik aanvaardde de riten en de orde der dingen en het geritualiseerde gedrag rond leven en dood. Daarom reed ik mijn kind naar de rand van de zee en bad: 'O God, wees niet verre van mij; mijn God, haast U mij ter hulpe.' En ik bleef dat zeggen, niet omdat ik geloofde dat een goddelijke aanwezigheid daar mij helpen zou, maar omdat ik wilde geloven dat de dingen waren zoals ze hoorden te zijn, en omdat ik Amadeo bescherming wou geven, ook als ik allang was weggegaan. Ik wilde hem niet alleen laten in het zand, ik wilde een oppas voor hem die betrouwbaarder was dan Candy, betrouwbaarder zelfs dan mevrouw King.

Ik reed de kinderwagen over de natte strook zand waar het makkelijker duwen was. Ik moet zo'n anderhalve kilometer gelopen hebben toen ik bij een beschut plekje tussen de rotsen kwam, een eind bij de zee vandaan, en daar besloot ik hem te begraven. Terwijl ik mijn weg zocht over het strand was ik mij al bewust dat ik iets onwettigs deed, maar als ik me afvroeg of het ook verkeerd was, kwam er steeds hetzelfde antwoord. Ik was bezig voor jou te zorgen, voor Amadeo en de tweeling, en dat deed ik zo goed ik kon. Dat gold daar voor ons allemaal, we deden het beste dat we konden. Ik kan me voorstellen dat een ander mijn drijfveren niet kan begrijpen, maar ik weet dat het zo is, omdat ik je heb horen gillen en je daar heb gezien en weet hoeveel je hield van Amadeo, en ik weet dat je geen schuld draagt aan wat er is gebeurd. Toen ik hem begraven had, was ik de enige in ons gezin die echt een misdrijf had gepleegd. Ik had een mensenkind op onwettige wijze begraven. Nu was ik het, niet jij, die alle schuld die kon komen op zich zou nemen. Er is zoveel vooroordeel tegen geesteszieke, tegen alles waar geen verklaring voor is. Het zou geen enkele rechtbank licht zijn gevallen jouw geestestoestand en die wiegendood te aanvaarden zonder een paar hatelijke en gemene vragen over de bijzonderheden van het een en ander. Ik was gewoon zo bang, Rosalind, dat jou iets heel ergs zou overkomen.

Ik dolf een heel diep graf, veel groter dan nodig was, maar alleen zo kon ik het diep genoeg krijgen. Onder het graven vroeg ik me af wat de politie zou zeggen van de tweeling en diens grafdelverij. Er waren veel dingen waar ik aan dacht toen ik die kuil aan het graven was. Toen het ogenblik kwam om Amadeo erin te leggen, voelde ik aandrang hem nog een paar dagen bij ons te houden. Ik hoorde weer de strenge stem van mijn vader die treurende ouders gebood zich terug te trekken van de rand van het graf, zodat de eerste kluiten Norfolkse klei op de kist konden worden geworpen en doodgravers de kuil konden dichten. Ik liet nu toe dat mijn vaders stem me weerhield van het vasthouden aan mijn grijsogige zoon. Ik wilde geen zand in zijn ogen laten vallen. Hij hield niet van zand in zijn ogen, daarom klom ik naar hem toe en bedekte zijn gezicht met mijn zakdoek. Terwijl ik het deed, bedacht ik dat de zakdoek een spoor kon zijn dat naar mij wees. Het was een Engelse zakdoek met mijn voorletters erin; als hij ooit gevonden werd, zou dat bezwarend voor mij zijn. Ik besefte dat me dat niet kon schelen, omdat ik me geen moment van Amadeo had willen afkeren. Ik had met genoegen elke prijs betaald die een vader voor zijn zoon dient op te brengen. Het enige dat mij verhinderde hem te begraven in een behoorlijk stuk gewijde grond, was tijd. Ik had tijd nodig om de levenden te beschermen, en die tijd moest van de doden worden afgenomen. Ik zou hem nooit verloochenen. Ik dacht terwijl ik hem begroef dat ik, als het lijkje werd gevonden en de jacht zou worden ingezet, naar Frankrijk zou gaan om de stoffelijke resten op te eisen en een naam te geven, zodat hem niets oneerbiedigs meer zou worden aangedaan.

Toen ik de lege kinderwagen over het strand weer naar het huis duwde, voelde ik me geen misdadiger. De gedachte kwam wel even in mij op, maar ik voelde bijna niets; er was alleen iets dofs in mijn hoofd en een besef van de koude wind die uit zee blies. Er was nog steeds een vieze lucht, heel de terugweg lang. Ik kon het niet opbrengen er iets aan te doen. Ik had genoeg te verwerken gekregen voor één avond. Elke keer dat de wagen schokte, rook ik het weer.

Een van mijn collega's op het grafische bedrijf waar ik werkte, had een schizoïde zuster. Ze deelden samen een flat, ergens in Holland Park. Ze werkte voor een fotograaf, ik geloof dat ze haar werk heel goed deed. Als je haar zag op feestjes en zo, noemde ze zichzelf altijd de 'modelassistente'. Ik had het hele jaar niet aan haar gedacht, maar om de een of andere reden schoot ze me te binnen toen ik daar achter de kinderwagen liep; ik wist weer dat ze zo'n twaalf maanden geleden een schizofrene periode had gehad. Ze had ons kantoor gebeld en tegen haar broer gezegd dat de fotograaf zijn camera's en lenzen in haar scheenbenen had gepropt. Ze beweerde dat ze zich in een telefooncel verstopt had omdat hij haar achternazat om haar zijn statief te laten inslikken. Ze werd ter behandeling naar een kliniek in Zwitserland gestuurd. We waren op de zaak allemaal geïnteresseerd in het verloop van haar ziekte, van de theebediende tot de directeuren. Ik denk dat we soms tijdens het werk niet zoveel hadden om over te praten; bovendien vermoed ik dat we allemaal het eerste bericht dat we kregen nogal vermakelijk hadden gevonden, zodat we door met sympathie over haar te praten onze schuld delgden. Ik zocht in mijn vermoeide hoofd naar de naam van de kliniek die haar genezen had en die jou, Rosalind, naar ik hoopte eveneens zou genezen. Meestal ben ik goed in namen; ik was verbaasd te merken, toen we elkaar pas kenden en meer tijd met elkaar begonnen door te brengen, dat jij in staat was ergens aan te komen, je in te schrijven in een hotel, een eindje te gaan wandelen en compleet te vergeten waar je logeerde. Je vertelde me dat je soms hele dagen vreemde steden afzocht naar je eigen pension.

Uiteindelijk schoot de naam van de kliniek me te

binnen, en wonderbaarlijk genoeg ook het telefoonnummer van monsieur Laurent, de taxichauffeur die me de morgen tevoren naar Larenguebec had gebracht. Ik was in de verleiding hem meteen te bellen en ons vertrek uit dat ellendige oord te regelen. Maar het was vier uur in de morgen en ik had geen geld bij me voor het gesprek. In een film, dacht ik, heeft de held altijd een kwartje in zijn zak voor de telefoon. Toen herinnerde ik me dat dit geen film was, zelfs geen droom; ik begon te draven en bleef draven tot ik boven aan de heuvel was en terug bij jou.

Ik was bang dat er nog iets anders was gebeurd. Plotseling leefde ik in jouw 'wereld van het hakmes'. Ik voelde het lemmet boven ons trillen. Ik was bang dat de politie en de ambulance alsnog zouden komen, maar dat gebeurde niet; nog steeds weet ik niet hoe dat kwam. Toen ik naar boven ging, lag je nog net zo te slapen als toen ik vertrok, met de tweeling opgerold naast je linkerzij. De zon kwam al op toen ik naast je ging liggen. Ik soesde bijna onmiddellijk in door jouw aanwezigheid, die ik in mijn dromen veranderde in het wiegen van de zee. Ik hoorde de golven weer op de kust slaan. Ik voelde hoe ze het laatste van Amadeo met zich meetrokken, hoe zijn geest in hun diepten werd weggevoerd. De zee kwam en ging volgens haar eigen getijden, onafhankelijk van menselijke regels. Ze stond in directe verbinding met de maan en de sterren. Ze zou een vloeibare schaduw van de maan kunnen zijn. Ook jij kunt meetrekken en wiegen. Jullie lijken twee zusters, maar de zee neemt geen notitie van mij.

Zo werd ik in een diepe slaap gewiegd, waaruit ik zo'n vijf uur later wakker werd om jullie weg te leiden uit die rampzalige vakantie. Dezelfde taxi bracht ons terug naar Cherbourg. De chauffeur was zo opgelucht dat hij de kinderwagen niet op zijn toch al gekraste dak hoefde te hijsen, dat hij niet eens naar het kind informeerde. De meisjes waren onderweg bij vlagen spraakzaam en jij moedigde hen aan door hier en daar iets aan te wijzen in het landschap. Aan het einde van de rit feliciteerde de chauffeur je, omdat het zoveel beter ging met je gezondheid.

'Ik maakte me echt ongerust over u,' bekende hij, 'maar nu ziet u er een stuk meer ontspannen uit.' Hij dacht even na en zei toen: 'Ik heb nooit aan Larenguebec gedacht als een plek om met vakantie te gaan, maar ik zeg maar zo, variatie moet er zijn.'

In Cherbourg namen we de trein naar Dijon en vandaar gingen we over de Alpen naar Zwitserland. Ik bracht je naar de kliniek waar het schizofrene meisje genezen was. Het leek toen al of je beter was, en de tweeling ook. Het was een hele opluchting dat je je zo plotseling leek te hebben hersteld van de wanen en de klokken. Ik durfde het kind niet te noemen voor jij het deed. Ik probeerde me ook te ontspannen, maar ik verwachtte het vallen van het hakmes. Ik kreeg een brok in mijn keel zodra ik dacht aan Amadeo, zand, krabben, inktvisschelpen of zelfs de zee. Ik miste hem, en ik was ongerust over jou. Ik besefte dat jij geen oog kon hebben voor het gevaar, het kleine, potentiële gevaar dat je zoontje in Normandië zou worden opgegraven. In gedachten was ik daardoor voortdurend op de loop. Ik was op de loop voor de politie en voor onderzoekende blikken en voor te veel vragen en bijzonderheden. Maar bovenal was ik op de loop voor mijn verdriet.

13 *Rosalind*

Het was vreemd om naar Londen terug te gaan. Willie en ik vlogen samen terug, het leek eeuwen geleden dat we zonder de tweeling hadden gereisd. Voor we vertrokken zochten we de meisjes op. Toen ik hen zag in hun schooluniform gloeide ik van trots. Voor mij was het of ze allebei eredoctor waren geworden. Ik weet zeker dat ze op een dag iets heel knaps zullen doen in hun leven – iedereen zegt dat ze zoveel talent hebben. Deze zomer had ik soms de indruk dat ze teruggingen naar hun natuurlijke leeftijd. Ik was toen te wazig om te merken wanneer ze precies veranderden, maar ze hadden iets hulpeloos over zich. We waren nog niet binnen of ik merkte al dat ze het hart van hun directrice gestolen hadden; zozeer zelfs dat zij erop stond ons door de school en over het terrein rond te leiden, zonder ons een moment alleen te laten.

Als kind heb ik eens een verhaal gelezen over een kostschool in Zwitserland. Het had een blauw kaft weet ik nog, en iedereen die erin voorkwam dronk mokken chocolademelk, en een van de meisjes was een spelbreekster, en ze konden allemaal skiën. Op een bepaald moment kreeg de heldin, een moedig meisje van twaalf, een pak slaag van iemand met een baard. Dat boek had een vreemde bekoring voor mij. Toen ik door de nieuwe school van de tweeling liep, was ik teleurgesteld dat er geen tientallen vuile mokken met chocolademelkvelletjes en vettigheid te vinden waren, maar ontzettend opgelucht dat er niemand met een baard in het gebouw was.

De vloeren waren heel glimmend geboend. Ze hadden het soort glans waar mevrouw King altijd van droomde en die ze beweerde te kennen uit haar jeugd. Ik had die dag glanzend gepoetste schoenen aan, en toen we door de gangen liepen zei de directrice: 'We willen dat de meisjes glanzende manieren krijgen.' Buiten, achter het hoofdgebouw, was een tuinman bezig de auto's schoon te maken met een soort glansmiddel uit een spuitbus. Ik was blij dat de meisjes naar een school gingen die innerlijk samenhang vertoonde.

De directrice, een zekere miss Juniper, liep schuin voor mij uit. Elke keer dat haar iets nieuws te binnen schoot, draaide ze zich naar mij, waarbij ze bijna de hele optocht liet struikelen. Ik had nooit eerder een directrice van een meisjeskostschool ontmoet, maar zelfs toentertijd leek deze me te fraai om waar te zijn. Als iemand haar in een film had gezet zou ze gekritiseerd worden als onrealistisch, en toch was ze een soort levende karikatuur uit een stripboek van de jaren veertig. Miss Juniper was lang en ik hou er nooit van als vrouwen langer zijn dan ik. Maar met haar één achtentachtig won ze het zo duidelijk van mijn één meter tachtig, dat ik het maar liet gaan. Ze was ook heel dun, op die hoekig atletische manier die oudere vrouwen soms hebben. Ze moet achter in de vijftig zijn geweest. Hier en daar begon ze wat grijze haren te krijgen, maar over het geheel had ze doodgewoon bruin haar, met die natuurlijke vale tint die elke poging tot verfraaiing tot mislukken doemt. Het was ook volstrekt glad, wat ook al moeilijk te geloven was. Ik weet nog dat meisjes in mijn prille kindertijd hun haar onder een strijkijzer legden om het juiste 'Mod'-effect te krijgen. Ik kon me miss Juniper niet goed voorstellen met haar hoofd opzij op een strijkplank om haar haar elke morgen vóór de bijeenkomst in de aula glad te strijken, maar het zag er absoluut niet natuurlijk uit.

William en de tweeling leken ineens veel inniger met elkaar om te gaan. Ze hadden thuis altijd een wat moeilijke verhouding gehad omdat de tweeling altijd probeerde hem kwaad te krijgen. Iedereen met een minder lief karakter dan het zijne, zou het jaren geleden al hebben opgegeven, maar Willie hield gewoon vol, en het deed me plezier te zien dat ze nu vrienden waren geworden. Ik kon ze achter me tegen hem horen kletsen, waarbij zelfs ieder apart praatte, wat een grote en zeldzame eer was. Hun conversatie achter mij vermengde zich met de ademloos enthousiaste opmerkingen van miss Juniper, die op hun beurt leken uit te lopen op één lange redevoering.

'Wij houden vast aan twee groenten bij elke maaltijd, en een daarvan moet ook echt groen zijn. Prei met linzen is een goede vervanging voor vlees. Op maandag, woensdag en zaterdag wordt er in bad gegaan en alle meisjes dragen in de kerk handschoenen. Ze zijn altijd met zijn drieën, één om een knie te verbinden en één om snel hulp te gaan halen. Frans is natuurlijk absoluut noodzakelijk...'

Haar stem leek door alle deuropeningen te dreunen en te blijven hangen op alle trappen. In de grote hal boven de voordeur hing een portret van een jong meisje dat over een balustrade leunde, met witte kanten handschoentjes aan. Ik was blij dat ze handschoenen droeg, net zoals ik, en het gevolg was dat ik het rustige gevoel kreeg dat er behoorlijk voor de tweeling gezorgd zou worden.

Ik weet zeker dat ik eerder een wombat moet hebben gezien, maar misschien alleen op een plaatje, want ik dacht dat ze ongeveer tien keer zo groot waren dan ze bleken te zijn. De meisjes waren er dol mee en lieten me alles zien van het stukje omheinde grond dat hun Australische tuin vormde, en het was duidelijk dat ze veel meer van wombats wisten dan ik. Ik kreeg een ongemakkelijk gevoel van de minieme omvang van de wezentjes. Ik merkte op tegen miss Juniper dat deze wombats in het bijzonder wellicht veel gelukkiger zouden zijn als ze vrijgelaten werden. Ik vond het geen plezierig gezicht ze zo te zien rondlummelen op hun stukje ondergepoepte modder. Achter ons begon ergens de schoolbel te luiden en daarmee ook de oude klokken in mijn hoofd. Tegelijkertijd voelde ik dat er tranen opwelden in mijn ogen, dat de tweeling bevroor van verlegenheid op het stukje grond waar ze stonden, en dat William aan kwam draven om me te redden.

Vroeger dacht ik altijd dat ik Williams redder was. Hij had in zo'n harde, zakelijke wereld geleefd voor ik hem ontmoette, en daar heb ik hem uit gered. Mijn leven gaat nu evenwel een beetje op een James Bond-film lijken wat het aantal keren betreft dat William mij heeft gered. Daar zijn grote en kleine gelegenheden bij geweest, maar ik word het ergst geraakt als er details uit elkaar springen. Ik was daarom net zo dankbaar dat hij me wegsleepte bij de school van de meisjes en de tamme wombats vandaan als toen ik werd weggevoerd uit Larenguebec. Ik was ook dankbaar toen hij me mee nam uit de kliniek, terug naar huis, naar de herfstdrukte van Londen en de Tanza Road.

Ik zou het onaangenaam hebben gevonden om mijn rapport van de kliniek te zien. Als kind droomde ik altijd dat ik voor het begin van elke schoolvakantie een rapport kreeg. Het was zoiets als naamstrookjes hebben en een snoepdoos – het was een statussymbool in mijn ogen. Het betekende dat je een geaccepteerd lid van een samenleving was, het gaf niet welke, in plaats van een eenzaam meisje dat met twee excentrieke vrouwen opgesloten zat in een grillig huis vol spinnenwebben. Ik kon me er nooit toe brengen Hathers te vragen een rapport over mij te maken. Het zou eigenlijk niet zo gek zijn geweest, maar ik wist niet zeker of ze het kon. Er zit iets ironisch in dat ik me als kind zorgen had gemaakt of Hathers wel een rapport kon schrijven, terwijl ik me nu, bij mijn vertrek uit Zwitserland, zorgen maakte of ik er een kon lezen. Ik wist dat al mijn buitenissigheden erin zouden staan opgesomd en geïnterpreteerd zouden worden als tekenen van krankzinnigheid. Hathers kende niet veel grappen, maar als ze er een te pakken kreeg, melkte ze die uit tot de dood er bijna op volgde. De volgende grap ontdekte ze toen ik een jaar of zeven was, deze ontlokte haar hevige lachbuien. Ze boog zich dan voorover, kneep haar lippen een beetje samen en begon in zichzelf te glimlachen, al in afwachting van wat er komen ging. Dan zei ze: 'Ros?'

'Ja.'

'Wat is het eerste teken van gekte?'

Hoewel ik het antwoord wist en zij wist dat ik het wist, wachtte ik altijd enkele ogenblikken voor ik zei:

'Haar op je handpalmen.'

Dan wreef ik mijn handen een beetje langs elkaar en wachtte tot ze zou zeggen: 'En wat is het tweede teken?'

Toen ik zeven was, dacht ik dat ik haar pret zou bederven als ik ook het tweede antwoord gaf, dus haalde ik dan mijn schouders op. Toen ik een jaar of dertien was, wist ik dat het voor haar pret niets uit maakte of ik erin deelde of niet, en zei dus: 'Kijken of je het hebt.'

Op dat moment liet ze alles uit haar handen vallen, hield op met wat ze aan het doen was, schommelde met haar dikke lijf voor- en achteruit en riep: 'Dat deed je net, dat deed je net!'

In het vliegtuig tussen Genève en Gatwick, dankte ik God dat ik de tegenwoordigheid van geest had gehad dit incident verborgen te houden voor de spiedende ogen van de psychiaters. Ik had zo'n idee dat ze al meer dan genoeg idioterieën van mij hadden om te behandelen en te verklaren, zonder dat er onnodig nog iets aan werd toegevoegd. Elke keer dat ik getroffen werd door een toevallige samenloop van woord of gebaar of de betekenis van iets dat steeds terugkwam, voelde ik me nog dieper wegzinken in een klinische classificatie en nog verder afraken van mijn echte zelf. Ik vind altijd dat je soms beter niet al te precies kunt nadenken over wat en wie dat 'echte zelf' is, maar wie wil nu graag alleen maar een verzameling cijfers in een computer zijn?

Mammie en oom Jeremias hadden het altijd over toevallige overeenkomsten. Oom Jeremias was er heel paranoïde over, mammie nam ze alleen maar waar. Ik probeerde dat te vertellen aan een van de verpleegsters, maar het leek of haar ogen dof werden bij het idee dat er een genetische verklaring zou kunnen zijn voor mijn verondersteld geestesziekte. Als ik erover nadenk – en dat gebeurt tegenwoordig vrij vaak – dan begrijp ik niet waarom iedereen zich zo schaamt voor gekte. Of het nu tijdelijk is of blijvend of wat ook, waarom is het zoiets geweldigs? En wie is iedereen? Waarom vind ik het vervelend om met een psychiater te praten? Het woord is geen synoniem van kinderlokker of kannibaal, dus waarom rust er zo'n taboe op?

Misschien is psychiater hier niet het goede woord. Eigenlijk zijn het 'de mannen in de witte jassen' waaraan het stigma kleeft. Iedereen is tegenwoordig in analyse. Zelfs kinderen stellen langzamerhand niets voor als ze geen problemen hebben. Het is net als krediet krijgen bij een bank. Als je geld leent en je betaalt het terug, dan ben je een goede klant. Heb je problemen, dan laat je ze gladstrijken en daarmee ben je een coöperatief deelnemer aan het wereldgebeuren. Er is pas iets mis als zij naar jou komen. Net andersom als in de showbusiness, want als het gaat om de toestand van je hoofd is het alleen maar goed als je om hen komt. De dag dat de potige verplegers je komen halen, ben je een verliezer, een marginale figuur, iemand die tussen het prikkeldraad loopt.

Toen ik in het vliegtuig zat waren het de implicaties van mijn ziekte die mij ergerden. Toen de stewardess vroeg of ik een zakje wilde voor als ik misselijk werd, voelde ik me diep beledigd en op de een of andere manier verraden. Het leek of de luchtvaartmaatschappij haar radioverbindingen had afgestemd op mijn particuliere dossier in die Zwitserse kliniek en of ze wisten dat ik onevenwichtig was. De stewardess wist dat ik een keer was gestruikeld en me had verwond, en dat ik nu elk moment weer kon vallen. Ik keek in haar strakke blauwe ogen en besefte dat ze in de bedompte lucht van de eersteklascabine een mogelijke terugval voelde hangen.

Op een keer, toen de tweeling pas was geboren en ik worstelde met de onbekende eisen van het jongemoederschap, belde mijn agent uit New York. Hij belde niet vaak, meestal schreef hij. Hij kon volmaakt malle briefjes schrijven. Ik had hard gewerkt, eigenlijk veel harder dan waartoe ik me in staat voelde. Maandenlang had ik mezelf voortgedreven, mezelf gedwongen meer rollen aan te nemen en in meer plaatsen meer interviews te geven dan waartoe ik de wil en de energie had. Zwanger worden was iets vreemds voor mij. Ik wilde een kind, maar waarschijnlijk wilde ik vooral een goede moeder zijn, om alle eenzaamheid en verwarring van mijn kindertijd goed te maken en te zorgen dat mijn eigen kind gelukkig werd.

Ik nam het op me te bewijzen dat creativiteit en het ter wereld brengen van een kind tegelijkertijd konden worden gerealiseerd; ik denk ook echt dat dat kan. Ik zat echter in de verdediging, met een meute Jeremia's die onheil predikte. Ik kon de zaak dus niet op zijn beloop laten. Ik kon niet gewoon acteren en de maanden van mijn zwangerschap doorbrengen zonder te overdrijven. In plaats daarvan slikte ik tienduizenden vitaminen, accepteerde praktisch elke rol voor vrouwen onder de veertig die voorhanden was en putte mezelf uit tot op de bodem. Het was een heel erg geheime bodem. Niemand wist – hoe konden ze het ook weten – dat ik een tweeling droeg. Ik hoor mensen weleens zeggen: 'O, ik was toch zo dik toen ik zwanger was van John of Billy of Jane.' Ik was niet dik, ik was enorm. Ik moest er in die tijd om lachen dat ik me ooit zorgen had gemaakt om mijn taille. Toen ik zeven maanden was, ging het er meer om nog een soort menselijke identiteit te behouden. De meisjes wogen ieder zeven pond, en als ze niet een maand te vroeg waren gekomen zou ik gebarsten zijn.

Zelfs toen ik zo dik was geworden dat ik niet meer van voren, van opzij of zelfs van achteren op het doek kon verschijnen, verkocht ik mijn gezicht nog. Er is een hele verzameling foto's waar ik op sta zonder hoofd, en ook nog ergens een stel uitgesneden afdrukken van mijn massieve middel. Het lijkt heel toepasselijk dat de met krijt gemarkeerde plek waar een model moet gaan staan als ze gefotografeerd wordt, de 'idiot line' wordt genoemd. Zeven jaar heb ik op die idiotenlijn gestaan. Ik durf niet met de hand op het hart te verklaren dat ik voordien geen idioot was, maar ik was het zeker tegen de tijd dat ik eraf stapte.

Ik zeurde vaak over Milton, mijn agent, maar eigenlijk was ik heel erg op hem gesteld. Een actrice kan in een hoop moeilijkheden terechtkomen zonder zo iemand, dat wist ik heel goed. Daarom was ik hem dankbaar. Maar ik vond hem vooral een echte heer en een geschikte man. Ik vond hem echt aardig. Collega's van mij werden ontzettend kwaad als ik dat zei. Zij riepen dan: 'Hoe kan een theateragent nou een echte heer zijn? Dat is met zichzelf in tegenspraak!' Ik hield vol dat er één door het net was geslipt en dat hij zich had gemanifesteerd in Londen, New York, Los Angeles en Rome, in de gedaante van Milton.

Er gebeurde iets toen de meisjes geboren werden. Er leek een onwil op het laatste moment om ze te laten gaan. Ik had ze ontvangen en gedragen, maar toen de weeën zich echt aankondigden wilde ik ze bij me houden om ze te beschermen tegen zoveel dingen. Ik hoorde de dokter en de verpleegsters zeggen dat ik moest persen, ik voelde ook ergens de pijn, al had ik niet kunnen zeggen waar; het deed gewoon pijn en ik hield in. Ik dacht dat ik dood zou gaan van de pijn, maar een stem in mij zei dat ik moest inhouden. Het leek een gruwelijk spel, dat we uren bleven spelen. Er stond een apparaat dat mijn voortgang registreerde, weet ik nog, het gaf mijn weeën weer als paarden die over een scherm galopperen. Er kwam een raar geluid uit. Bij elke wee stampte het of er een drom passagiers van een pontveer draafde. Dat kwam op de een of andere manier in mijn bloed terecht, het was een gevoel of al die mensen uit mij weg wilden lopen. Ik was bang dat er niets zou overblijven als ik zoveel mensen liet gaan, dus hield ik hen vast. Ik moest denken aan de eerste martelaren en het lijden dat zij ondergingen voor hun geloof, om mij kracht te geven.

Elf uur duurde de eigenlijke bevalling, met weeën om de twee minuten, tot er iets in mij knapte. Ik weet niet wat er daarna gebeurde tot ik bijkwam met een infuus in mijn arm, een plastic wiegje aan beide kanten van mijn bed, en William naast me. Soms wil ik me bepaalde dingen niet herinneren. Als ik mijn ogen sluit, kan ik een man zien met ogen als oom Bertie – zachte, vriendelijke ogen die ook streng konden kijken – die met een groene muts op en een monddoek voor over me heengebogen staat. Ik probeerde mijn kinderen te redden. Ik voelde mezelf doodgaan en toch wilde ik ze beschermen. Er waren kwalijke dingen in dat ziekenhuis die me van streek hadden gemaakt. Ik zag de ogen van die man twee keer, hij was de chirurg. Ik zag zijn aardige ogen en toen zag ik hem fronsen, hij kwam op me af. Hij had me aan de tafel laten vastpleisteren, hij kon alles met me doen. Ik kon niet over mijn enorme buik heenkijken. Ik keek naar het plafond. Ik was te moe om nog verder te worstelen en zo keek ik omhoog om te bidden. Toen zag ik de ronde spiegel, hoog boven mij, en daarin zag ik dat de man met het mondmasker me ging steken. Ze hadden me medicijnen gegeven, mijn hoofd was niet helder, dacht ik. Ik redeneerde vlug in mijzelf. Waarom zou die vreemde man me steken? Toch was het zo, en hij had het op mijn baby's gemunt. De pijn kon me nu niets meer schelen. Het ging nu om mijn gedachten, want ik wilde niet geloven dat iemand zoiets zou doen. Maar ik had gezien dat het gebeurde, dat het mes boven mij nu naar beneden kwam. Dat gebeurde allemaal in een onderdeel van een seconde, toen kwam de verdoving.

Later hoorde ik dat de keizersnede vaak zo wordt uitgevoerd, om te voorkomen dat het kind iets van het verdovingsmiddel binnen krijgt. Maar toen was er niets anders dan ik en dat mes, en mijn paranoia. Zelfs toen de tweeling gezond en vrolijk was, voelde ik me nog schuldig. Als ze buikpijn kregen of huilden of als er maar een kleinigheid misging, raakte ik in paniek. William had een stapel boeken over kinderverzorging gekocht. Sommige waren heel bruikbaar, maar er leek er niet een bij die inging op mijn paniek en mijn schuldgevoel en het gevoel dat ik ontzettend tekortschoot als ze huilden. Zeker, die boeken noemden wel zulke symptomen, maar ze deden of het onbetekenende, voorbijgaande dingen waren, terwijl ze bij mij diep in mijn bloed verankerd lagen.

Maandenlang nadat de tweeling was geboren zag ik vrijwel niemand, en als ik iemand zag, deed ik of alles prima in orde was. Mijn gezicht deed pijn van het geforceerd glimlachen bij zulke gelegenheden, omdat ik eigenlijk liever had gehuild.

Ik huilde vaker wel dan niet in die dagen. Het leven werd een doorlopende middagvoorstelling. Ik had het vreemd gevonden dat ik bijna nooit huilde in het echte leven, terwijl ik bij een film om het minste of geringste mijn zakdoek met tranen kon doordrenken. Het was of de bevalling de pin uit een watergranaat had getrokken. Daarna viel er niet meer op me te rekenen. Alles was een mogelijke aanleiding voor tranen. Ik had een obsessie voor erfelijke verwaarlozing. Ik las een boekje over kindermishandeling en ontdekte dat getrainde waarnemers na de geboorte al meteen konden zien, gewoon door naar hen te kijken, welke moeders gevaar liepen hun kinderen te zullen slaan. Eén zinnetje in het bijzonder, over 'de erfelijkheidsfactor', leek zich in mijn geheugen te prenten. Ik raakte ervan overtuigd dat ik van mijn moeder haar feilloze verwaarlozing had geërfd. Elke keer dat die woorden me erop wezen dat ik in emotioneel opzicht een mislukking was, sloot ik mezelf op in het toilet op de derde verdieping en begon te huilen. In datzelfde Amerikaanse boekje over kindermishandeling werden bepaalde ouders beschreven als 'ver uit de koers geslagen'.

Ik had dat altijd een treffende uitdrukking gevonden. Het leek zo'n accurate manier om een emotionele toestand in woorden te vangen. Ik had dat dunne, maar indrukwekkende boekje achter het reservetoiletpapier in die wc op de derde verdieping verstopt. Soms, als ik daar had zitten huilen en ermee was opgehouden met het gevoel dat het eigenlijk niet genoeg was geweest, bladerde ik door de relevante passages over verwaarlozing tot mijn schuldgevoel en mijn angsten bijna ondraaglijk waren geworden. Ik hield het boek verborgen omdat ik wel wist dat het niet echt op mij sloeg en omdat ik me schaamde voor mijn manier van reageren. Ik vond het bovendien vervelend toe te geven hoezeer de bevalling me van streek had gemaakt en hoe ernstig vermoeid ik was. Huilen was mijn geheime manier om me erdoorheen te slaan en het boekje bracht het proces voor mij op gang; zelfs ik geloofde niet echt dat ik zo slecht was als je daaruit kon opmaken. Of liever, het ging over een heel ander soort mensen.

Toen Milton opbelde uit New York had ik een slechte dag. William zou laat thuiskomen, het kindermeisje was weggegaan om een drankje tegen buikpijn te halen en leek in de vijfde dimensie te zijn verdwenen. Ik was nooit eerder met de meisjes alleen geweest en nu lagen ze te huilen. Ik probeerde hen te troosten, maar dat lukte niet. Na een paar minuten huilde ik ook, maar hun geweeklaag overstemde het mijne. Ik kon er maar een tegelijk dragen, omdat de wond van mijn keizersnede hardnekkig weigerde te genezen. Als ik de ene baby optilde, huilde de andere nog, zodat ik gegrepen werd door een gevoel dat het niet eerlijk was. Uiteindelijk, nadat ik iets aan hun kleertjes had gedaan, besloot ik ze allebei in hun koperen ledikantjes te laten liggen en mezelf tot ontspannen te dwingen. Op dat moment belde Milton; zijn secretaresse noemde de naam van het theateragentschap en liet me toen wachten tot hij aan de lijn kwam.

In het verleden had hij altijd aan mijn kant gestaan. Ik geef toe dat ik me achter zijn rug om van zijn diensten heb verzekerd, maar in mijn gedachten was hij mijn bondgenoot, tegen de rest van de wereld. Inmiddels was ik gestopt met acteren en 'men' beweerde dat ik weigerde er weer mee te beginnen. Ik geef eerlijk toe dat ik oorspronkelijk die 'men' was geweest. Ik vond dat ik heel loyaal was geweest tegenover Milton en dat hij nu maar eens iets van mij moest accepteren. Was hij hier geweest, dan zou hij gezien hebben dat ik niet in een toestand was om vermaand te worden of vakkundig geadviseerd te worden over wat dan ook. Bovendien zou hij gezien hebben dat mijn ogen idioot dik waren van het huilen en dat ik een zenuwpatiënte was. De telefoon is echter een volslagen onpersoonlijk instrument, en omdat hij zich sterk en vastbesloten voelde, nam hij aan dat ik het ook was.

Milton was een heer. Niet was, is, hij is niet veranderd. Hij zei niets tegen me dat grof of bruusk of volgens maatstaven van het normale leven zelfs maar onaangenaam was. En toch zei hij, zonder het te weten, het enige waar ik niet tegen kon. Hij zei: 'Rosalind, dit is niet het moment om zo te doen. Ik heb geweldig veel repect voor je, en ik zou het niet zeggen als ik het niet zeker wist, maar je bent een heel eind uit de koers geslagen.'

Mijn reactie was een geschokte stilte. Hoe kon Milton, die in New York zat en die me niet eens kon zien, weten dat ik zo uit de koers was geslagen? Als hij dat wist, dan wist iedereen het. Op de een of andere manier had ik dat door de telefoon overgebracht. Nu zou al het andere dat in het boek stond ook werkelijkheid worden. Ik verstond niets van wat hij verder nog zei, ik kon ook niet duidelijk praten. Ik wilde dat hij zou zeggen dat alles goed zou komen. Hij had de vinger op mijn zere plek gelegd, en ineens was hij de enige die me weer gezond kon maken. Hij ging maar door, in de veronderstelling dat we een zakelijk gesprek voerden. Wat mij betreft hadden we het over mijn kansen om het te redden als mens. Het ging over de vraag of ik erbovenop zou kunnen komen. Terwijl ik praatte, kreeg ik een irrationele angst voor zijn stem. Ik probeerde tot mezelf te komen, maar die stem bleef doorgaan.

'Je bent ver uit de koers geslagen, helemaal uit de koers.'

Waarom bleef hij dat herhalen? Het was duidelijk dat hij er meer van wist.

Toen het kindermeisje van het uitzendbureau terugkwam met het buikpijndrankje voor de tweeling, lag ik verlamd van verdriet op mijn bed. Ik was niet in staat haar te vertellen waar het over ging. Ik kon niet eens praten, zo uitgeput was ik van het snikken. Ze had me nog nooit zo zien huilen. Ze belde William op zijn kantoor. Toen hij thuiskwam, lag ik nog steeds te schokken, maar ik had een kalmerend middel gekregen van onze huisdokter. Zijn eerste reactie was dat het kindermeisje iets moest hebben gedaan om mij van streek te maken. Ik was te moe van het huilen om iets te zeggen, maar toen ik zag dat hij haar echt wilde ontslaan, zei ik hem dat het niet door haar kwam, maar door Milton in New York.

'Wat zei hij dan?' wilde William weten.

'Niets, het was iets persoonlijks... niets.'

Ik zag hoe hij zich afvroeg hoe iets dat niets was, mij zo kon aangrijpen, maar ik was te moe om het uit te leggen. Ik weet niet of ik het hem toen had kunnen laten begrijpen: het was een lang verhaal, misschien wel zo lang als mijn hele leven, wie zal het zeggen.

Dat telefoontje en de nasleep ervan werd mijn ergste dieptepunt. Daarna begon alles beter te gaan. Ik wilde Milton vertellen dat hij zijn stempel op mij had gedrukt, maar ik kon mij er niet eens toe brengen me te verontschuldigen – mijn trots bleef me vragen waarom eigenlijk – laat staan onze connectie aan te halen, zodat we uit elkaar dreven.

Als iemand maakt dat je je zo voelt, betekent dat een even intieme band als het bedrijven van de liefde. Het is een soort liefde, denk ik. Er zijn niet veel mensen die hun stempel op mij hebben gezet. Als ik ze op tel, als oude minnaars, kom ik tot Hathers en mammie en oom Bertie, dan Willie, de kinderen en Angelo, en daar komt dan heel ongerijmd ook Milton bij.

14 *Rosalind*

Soms heb ik het gevoel of ik in Sestri Levante geboren ben, omdat ik mijn leven leefde als onder een sluier voor ik hier kwam. Er waren altijd beschermende sluiers en sluiers van pretentie geweest, en soms vielen die samen. Van onze huwelijksreis kan ik me nog herinneren wat een enorme sensatie het was om van de ene wereld in een andere te kunnen stappen en ook weer terug. Ik kon het brede toeristenstrand met zijn ordelijke palmen en zijn restaurants aan de overkant van de boulevard verlaten en een droomwereld ontdekken aan de Stiltebaai. Er was een vierkant pleintje met een ruime, witte kerk voor Santa Maria di Nazareth. Ze had twee plompe klokkentorens met elk een stel gevlekte bronzen klokken.

De mooie kleren en de rijkdom, ondersteund door de veelvuldige oproepen van die klokken tot het katholicisme, leken op mijn verleden. Ze waren de tastbare wereld van het succes, en ze waren alles wat oppervlakkig aan mij was: mijn masker. Het smalle steegje met de platte tegels, dat van dat deel van Sestri naar de andere baai voerde, leek een vrije doorgang naar mijn verborgen zelf. Ik liep vaak van de drukte van de ene kant van de stad naar de geheimzinnige rust van de andere met het gevoel of ik zou sterven van verwarring. Zelfs het zand had een andere kleur. Op het toeristenstrand was het zand ruw en zwart, terwijl in de Stiltebaai fijn bruingeel zand lag, dat opwaaide in het kalme briesje en dat mijn zakken en mijn schoenen vulde.

Ik weet niet waarom juist ik beroemd ben geworden en niet het meisje van de buren (als dat er was geweest). Misschien kwam het doordat Milton zo hard voor mij werkte; misschien had ik geluk en kwam ik op het goede moment. Ik was altijd verbaasd als ik in de krant las over mijn 'rust'. Er was bijna geen interview dat niet begon met een uitvoerige beschouwing over mijn 'innerlijke rust'. Ik wond me er altijd erg over op. Nu besef ik dat wat toen beschreven werd als innerlijke rust, anderen innerlijk rustig maakte. Ondertussen gistte het onder mijn masker van verwarde gevoelens. Wat Sestri Levante zo belangrijk voor mij maakte, was dat ik daar mijn eigen middelpunt vond, door Angelo, mijn verlossende engel.

Het kostte me nadat Angelo verdwenen was, nog jaren om met bepaalde dingen in het reine te komen, maar hij gaf mij de wil terug om ze aan te pakken. Voor ik hem tegenkwam, was het vrijwel onmogelijk ogenblikken te beleven zoals ze kwamen. Het verleden en de toekomst overspoelden voor mij altijd onontkoombaar het heden. Als je ze tegen elkaar had moeten afwegen in een weegschaal, zou het verleden het zwaarst zijn geweest. Ik droeg een last van schuld en verantwoordelijkheid met me mee. Angelo toonde me als in een visioen hoe ik de reikwijdte van mijn verantwoordelijkheid tot haar natuurlijke grenzen moest beperken, hoe ik in alle dingen mijn best moest doen, en tevreden zijn als ik mijn best had gedaan.

Had ik een goede dag, dan leefde ik in mijn eigen aura waarin voor spijt geen plaats was. Nog jarenlang zonk ik op kwade dagen weg in het drijfzand van berouw en schuld. Waarom was oom Bertie vertrokken en naar Australië verbannen, als het niet om mij was? Waarom was Hathers zo alleen gestorven? Waarom had mijn moeder kanker gekregen, als het niet was uit diepe gekwetstheid? Ik deed heel erg mijn best om me in die gekwetstheid van haar in te leven, maar dat viel niet mee. Ze had zich nooit diep met mij verbonden gevoeld, ze was dat soort vrouw niet. Ze leefde in de wereld van haar aanzien en van haar vriendenkring, ik hoorde daar niet bij. Ik accepteer dat nu. Ik heb het zelf ook gedaan. Toen ik jonger was, probeerde ik bij haar in het gevlij te komen, zonder te beseffen dat ze geen hekel aan me had zoals ik veronderstelde, maar dat ze gewoon niet geïnteresseerd was. Als ik mijn buik had opengereten aan de trapleuning had dat minder effect gehad dan een afzegging op het laatste moment van een diner. Ik zat niet in haar leven, ik kwam er alleen maar uit, dat was alles. Er waren echter altijd wel andere schuldgevoelens die binnenslopen en haar plaats innamen.

Ik heb Italië nodig met zijn lange siësta's en zijn

geritualiseerde families. Ik heb de liefde voor kinderen en de natuurlijkheid van dat land nodig. Ik zie nu in dat ik Sestri ook nodig heb, niet alleen vanwege de herinnering aan Angelo, maar vanwege de geografische eigenaardigheid die mij de gelegenheid geeft me te ontspannen. Ik kan het schiereiland oversteken en naar believen van het ingewikkelde naar het eenvoudige gaan, en weer terug. Ik heb het geluid van de zee nodig van twee kanten, en William en al die moorkoppen en de lekkere wijn en het fruit en de uitvoerige lunches. Als ik erover nadenk schaam ik me bijna voor het leven dat we hier leiden. Waaraan je maar kunt zien, zoals William zou zeggen, dat het leven een hondenleven is.

Er zijn veel honden in Sestri Levante. Ik heb vooral nogal wat cockerspaniels gezien. Ik vind het vreemd dat ik niet meer honden heb zien rondlopen of zitten onder de oleanders. Het eigenaardige is namelijk dat er op de straten en stoepen hopen hondenpoep liggen die je alleen maar als buitensporig kunt omschrijven; vooral op de stoepen. Ergens moet zich dus een overeenkomstig aantal honden ophouden.

Van vieze luchtjes word ik wazig. Vroeger overkwam me dat de hele tijd. Ik merkte het wanneer het gebeurde als Willie bij me was, want hij zei dan 'Hé, hallo,' of hij begon te zwaaien. Of hij zette zijn Jimmy-stem op om me terug te halen van waar ik was heengedreven. Joost mag weten hoe vaak ik het bij anderen heb gehad. Ik vermoed dat Hathers het nooit merkte, ook al doordat ze zelf zo vaak afwezig was. Wat mammie betreft, die zag mij zelden en zij was wat pater Ingot noemde de meest ongrijpbare ziel in zijn parochie. Ik word nu zelden meer wazig, maar er zijn dingen waarover ik niet bereid ben te denken. Mevrouw King zei altijd dat haar geheugen streken met haar uithaalde. Het mijne haalt niet zozeer streken uit, het weigert eenvoudig zich bepaalde mensen, plaatsen of gebeurtenissen te herinneren. Ik denk dat het zo beter is. Ik voel me uitstekend bij de dingen zoals ze zijn.

In Lausanne vond ik dat Willie een beetje overdreef met zijn bezorgdheid om mijn 'broze gemoedstoestand'. Hij moet de dokters gezegd hebben dat ik een fobie had voor ziekenhuizen, want ze fluisterden allemaal nadrukkelijk tegen me, zodat ik toch maar niet zou denken dat ze schreeuwden. Sommigen praatten alleen maar heel zacht, wat onze gesprekken nogal lastig maakte als ze, al was het maar voor even, hun hoofd afwendden. Er waren er ook bij die fluisterden in gebroken Engels, waar de natuurlijke accenten van hun Frans of Duits doorheen klonken. Het gaf me het gevoel of ik tijdelijk was ondergebracht in een moderne dierentuin. Toen ik terug was in het huis aan de Tanza Road voelde ik me op mijn hoede voor al onze vrienden. Zelfs het huis zat me dwars. Ik miste de tweeling zo erg dat ik me hol voelde vanbinnen. Soms kon ik me het donker herinneren, maar dat wilde ik niet, en William hielp me. Ik bewonderde hem weer net zo als ik gedaan had toen ik zijn moeder voor het eerst ontmoette in

Norfolk. Hij was een man die veel te dragen had. Ik had schrammen opgelopen, en die deden pijn. Ik wilde dat ze genazen, en daarna wilde ik Willie helpen zijn angsten te overwinnen. Elke keer dat mevrouw King naar de tweeling vroeg, had ik mijn mond nog niet opengedaan om haar te vertellen over de nieuwe Zwitserse kostschool of Willie kwam ertussen en begon in koor met mij te praten.

Er waren veel verdrietige dingen in ons huis. Ik keek naar het rijtje boeken van Beatrix Potter, naar de strook langs de muur met de letters van het alfabet en de pastelkleurige dieren en bloemen, naar het speelgoed, en werd daar verdrietig van. Ik werd ook verdrietig als ik de geverfde stoeltjes zag met de zwanen op de rugleuning. Ik begon al die dingen uit hun kamers te verbannen. Alles wat aan baby's herinnerde werd weggesloten in de rommelkamer. Er zat een spookbaby opgesloten in mijn hoofd, maar ik moest de bijzonderheden uitwissen. Als ik mijn geest afzocht vond ik geen antwoorden. Bijzonderheden kunnen dodelijk zijn. Oom Bertie zei altijd dat er in het eerste jaar van de laatste oorlog in Engeland meer mensen waren omgekomen door ongelukken als gevolg van de verduistering dan door vijandelijke handelingen. Telkens als ik probeerde mijn weg te vinden in het labyrint van mijn geheugen en op duisternis stuitte, moest ik denken aan dat verhaal uit de oorlog. Ik zag dan auto's voor me die langzaam door de donkere nacht reden met gedoofde koplampen, waarbij ze voetgangers neermaaiden en tegen andere auto's opbotsten.

Ik hield van de duisternis, maar niet van het speuren erin. De heilige Antonius is de schutspatroon van de verloren voorwerpen. Hathers riep hem geregeld aan voor haar vingerhoed, haar bril en zoekgeraakte legpuzzelstukjes. Hathers had het gauw koud en droeg daarom het hele jaar door gebreide vestjes. Altijd als we aan het puzzelen waren, maakte ze er een gewoonte van ver over de tafel te reiken om een bepaald stukje te bekijken en daarbij tientallen andere stukjes van de tafel te vegen met haar gebreide mouw. Misschien, mijmerde ik, wist de heilige Antonius wel wat ik met mijn verloren herinneringen had gedaan, en waarom. Maar hij was een heilige die met veel verzoeken werd lastiggevallen; ik dacht dat het maar beter was het speelgoed te laten rusten.

William vertelde onze vrienden en mevrouw King dat er in Frankrijk een auto-ongeluk had plaatsgevonden en dat ik in een shocktoestand verkeerde; er mocht met mij niet over worden gepraat. Niemand sprak daarom tegen mij over de tweeling en als het onderwerp baby's ter sprake kwam, viel er meteen een benarde stilte. Na een tijdje wilde ik de vrienden niet meer zien. Het was of hun gebrek aan begrip mij zou kunnen schaden. Ook William was nu geremd in hun gezelschap. Zelfs mevrouw King was veranderd. Ze was gewend geraakt met een bedroefd gezicht door het huis te dwalen, haar overbodige plumeau in de hand. Soms werd het haar te machtig en gaf ze 'die Fransozen' de schuld van de leegte in ons huis. Op een dag zei ze, terwijl ik een kop koffie maakte voor mezelf: 'Het is een grof schandaal. Ik moet het een keer zeggen. Dat is het. De Duitsers zijn te goed voor ze geweest.'

Op dat moment kookte de koffie over en spatte op het nog smetteloze fornuis.

'Nou,' zei ze, terwijl ze de vlekken opnam, 'het enige goede is dat we Candy kwijt zijn.'

Mevrouw King had haar minachting en antipathie voor ons kindermeisje nooit onder stoelen of banken gestoken, maar nu wreef ze tandenknarsend met zulke venijnige halen over het fornuis, dat ik er echt van schrok.

'Ik haat die Fransozen,' zei ze. 'Meneer Walsh heeft gezegd dat ik nergens niet over mocht praten, maar het zit me tot hier.'

Naarmate de maanden verstreken en Willie steeds nerveuzer werd van mevrouw King en mevrouw King steeds meer gefrustreerd raakte in haar werk bij ons, zag ik haar niet veel meer. Als we elkaar al zagen, sprak ze niet meer over het ongeluk. Ze vertelde me alleen nog maar hoe erg ze Fred miste, Willies schildpad. Ze sprak het woord uit als 'schilpad'.

Ze zei: 'Schilpadden als Fred vind je niet elke dag. Je had hem aan de gang moeten zien met een blad sla. Hij was een baas hoor, met een stuk sla, die Fred.'

15 *William*

Voor we naar Italië kwamen, lag ik 's nachts vaak wakker en vroeg me dan af wat er zou gebeuren als Candy ooit tegen mevrouw King zou oplopen. De kans daarop was heel klein, gezien het verschil in leeftijd en voorkeuren; niet in de laatste plaats omdat mevrouw King best in staat was om op straat geen woord tegen haar te zeggen, en die minachting kwam niet geheel en al van één kant. Toch zat er een duiveltje in mijn hoofd dat mij 's nachts wakker maakte en zei: 'Ja, maar als ze elkaar nu eens ontmoetten in de trein? Als Candy eens terugkwam naar de Tanza Road om haar spullen op te halen en mijn verzinsel van het auto-ongeluk uitkwam? Het viel inderdaad niet te ontkennen dat Candy, nadat ze uit Larenguebec was verdwenen met haar man uit Guernsey, nooit de bezittingen was komen ophalen die ze had vergaard in de vele jaren dat ze bij ons een luierend kindermeisje was geweest.

Er was een tijd, direct nadat we uit Frankrijk waren teruggekomen, dat ik hoopte dat ze zou opduiken. Ze was onze enige getuige. Als het tot een aanklacht of een proces zou komen, was zij de enige die het verhaal van de tweeling kon bevestigen en onder ede verklaren dat Amadeo een eenvoudige wiegendood was gestorven. Ik weet niet waarom ik dat verhaal van de botsing verzon. Dat was heel stom. Ik had longontsteking kunnen zeggen of hersenvliesontsteking of wat er allemaal nog meer in bed kan gebeuren. Maar ik wilde ook jouw kwetsbaarheid verklaren. Daarom verzon ik het relaas over het verkeersongeluk. Onze naaste familie was dood en onze vrienden waren geschokt en vol sympathie; er was niemand die het in twijfel trok. Niemand kon dat ook – behalve Candy. Toch duurde het een tijdje voor het tot mij doordrong dat mijn verhaal tegen mevrouw King alles op losse schroeven kon zetten als Candy ooit terug zou komen. Voor het zover was, zette ik oproepen aan haar in tientallen kranten. Die deden steeds een vrijblijvend beroep op haar betere ik. Het verraste mij dat niemand de afwezigheid van onze kinderen ook maar in het minst verdacht vond. Ik denk dat het misschien sinister zou hebben geleken als er maar één kind weg was geweest, maar nu er drie kinderen met hun kindermeisje waren verdwenen en jij net ontslagen was uit een kliniek en nog niet helemaal beter was, vroeg niemand naar hen.

Terwijl de maanden en tenslotte hele seizoenen verstreken, begon ik te beseffen dat ik Candy helemaal nooit wilde zien terugkeren. Eerst had ik alles technisch weer in orde willen maken, nu verlangde ik alleen nog maar dat het mij gegeven zou zijn alles te vergeten. En bovenal dat jij verder zou kunnen leven zonder gekweld te worden door herinneringen die alsnog je geest zouden kunnen verduisteren. Er was niemand die onze wond weer kon laten opengaan of het zand verstoren; niemand, behalve Candy.

Ik begon haar terugkeer meer te vrezen dan wat ook. Ik was in haar macht en vond dat vreselijk. Maand na maand maakte ik me er ongerust over. Ik lag 's nachts wakker en stelde me al de verschillende vormen voor die een ontdekking kon aannemen. Hoe meer ik me ongerust maakte, des te onbehaaglijker ik me ging voelen; ik begon ook mevrouw King te vrezen, omdat zij mijn leugen had gehoord en in principe het evenwicht van ons bestaan kon verstoren. Soms leek het of er meer achter haar vragen zat dan ze voorgaf. Er ging bijna geen dag voorbij dat ze niet naar Fred vroeg. Waarom, dacht ik, gegeven dat ik haar had gezegd dat ik niet wist wat er met mijn schildpad was gebeurd, wil ze mij niet op mijn woord geloven? Dat ik tegen haar loog, deed mij niet milder denken over haar weigering mij te geloven. Dat ze mij geloofde was juist zo belangrijk omdát ik loog.

Schildpadden gaan in winterslaap, ze worden overreden, ze raken zelfs zoek, dus waarom bleef mevrouw King zo doorgaan over het verdwijnen van Fred? In mijn meer paranoïde momenten dacht ik dat ze het alleen deed om mij van mijn stuk te brengen. Ik fantaseerde ontmoetingen tussen haar en Candy, waarbij de laatste vertelde hoe de schildpad was vergeten in de kinderwagen. Op andere momenten kreeg boosheid de overhand op mijn angst. Tenslotte was het mijn schildpad en niet de hare, ik miste hem meer dan zij; maar ik had een zoontje om over te rouwen, ik kon me over Fred niet zo opwinden. Op een keer, toen ik er echt niet meer tegen kon, zei ik haar dat ik het onderwerp smakeloos vond en dat ik er geen woord meer over wilde horen. Elke keer dat ze er daarna weer over begon, zuchtte ze er verongelijkt bij en zei dan: 'Ik weet dat er mensen zijn die het niets kan schelen... maar het is hier niet hetzelfde zonder Fred. Als ik er toch aan denk hoe hij...'

Heel mijn leven heb ik, als het er echt slecht voor mij uitzag, naar de wereld gekeken of ze uit symbolen bestond. Na onze terugkeer uit Zwitserland verzonk ik steeds dieper in die gewoonte. Soms interpreteerde ik wat ik zag en deed in termen van symbolen uit de samenhang van mijn reële leven; soms vertaalde ik alles in denkbeeldige scenario's, die ik veranderde en aanpaste zoals het me uitkwam. Op school had ik mijn eerste, veelgeplaagde jaar vrijwel geheel doorgebracht in de onzichtbare vermomming van Kuifje, de onverschrokken speurder. Aan de Tanza Road wist ik de Belgische speurder en zijn onhandige vrienden Jansen en Janssens te vermijden, maar de marginale symboliek van zo'n verzonnen leven bleef. Zoals Kuifje zijn trouwe hond Bobby had gehad om hem bij te staan in uren van gevaar, zo had ik mijn trouwe schildpad Fred.

Toen mevrouw King hem begon te missen, was Fred al meer dan twintig jaar bij me, denk ik. Ik mocht thuis geen dier houden. Mijn moeder keurde dat af. Het liefste dat ik in de wereld had willen hebben als jongen, was een hond. Dat verlangen leek het hevigst toen ik in de pastorie woonde; later, toen ik naar kostschool ging, droomde ik dat ik thuis zou komen in een Lassie-achtige gezelligheid, in plaats van bij het afkeurend gemurmel van mijn ouders. Ik was zo bezeten van dat plan dat ik er zelfs met mijn vader over sprak, tot twee keer toe. Beide keren zei hij eenvoudig: 'Een zot die zijn dwaasheid herhaalt, is als een hond die naar zijn uitbraaksel terugkeert.'

Mijn volgende plan was een poes. Ons huis zat vol muizen, en ik dacht dat een poes wel onder mijn moeders valhek door zou kunnen slippen door er een stuk of wat om zeep te helpen. Moeder was niet onder de indruk. Ze zei dat muizenvallen schoner en doeltreffender waren, niet aten en geen vlooien kregen. Plan drieënveertig was het vangen en temmen van een muis. Dat duurde twee weken, tot mijn moeder argwaan kreeg en mijn kamer overhoop haalde. Vervolgens probeerde ik een vogel te temmen. Mijn record in dit opzicht was een spreeuw, die het onder mijn verstikkende liefkozingen als door een wonder zes dagen uithield. Dat was het einde van mijn pogingen een huisdier te houden. Mijn wanhoop over die mislukking was op haar hoogtepunt toen onze beverige, maar vriendelijke tuinman mij te hulp kwam.

Langer dan ik me kan herinneren had hij de tuin voor ons verzorgd, en hij had er altijd ontzettend oud uitgezien. Ik weet niet hoe oud hij werkelijk was, maar hij heeft allebei mijn ouders overleefd en woont, geloof ik, nog steeds in zijn vochtige huisje in Norfolk met zijn hoest en zijn blinde, afgeleefde hond en zijn schimmelige bosjes kruiden. Niemand kon mijn vader met recht beschuldigen van voortrekkerij, zelfs ik niet, zijn zoon, of zijn buren, of zijn ergste vijand. Dominee Walsh was rechtvaardig in alle dingen, zelfs in zijn onrechtvaardigheden. Zo behandelde hij mij met dezelfde hardvochtigheid als mijn moeder, als zijn gemeenteleden en ook zijn tuinman, meneer Gotobed. Was die meneer Gotobed iets jonger geweest, dan zou ik zijn achternaam grappig hebben gevonden, maar nu zag hij eruit of hij nooit meer op zou staan als hij ooit naar bed ging. Ondanks zijn naam en zijn ogenschijnlijke aftandsheid, kwam hij zich twee keer in de week bij de pastorie melden om te werken.

Hoe vroeg hij ook kwam, vader was altijd nog eerder op en al buiten. Bij de zeldzame gelegenheden dat hij een paar minuten te laat op zijn werk kwam, als het uitzonderlijk hard regende of sneeuwde, gaf vader hem een standje of hij een spijbelende schooljongen was. Geen van die dreigementen en vernederingen leek ook maar de minste indruk te maken op onze bejaarde werknemer. Dat kwam niet in de laatste plaats door zijn doofheid en het zware Norfolk-dialect dat hij sprak en dat zo sterk afweek van de afgemeten zuidelijke tongval van mijn vader. De enige uitzondering op zijn schijnbare onverschilligheid had te maken met zijn hond. Meneer Gotobed had verscheidene baantjes om als tuinman de spaarzame bossen in de buurt op orde te houden en overal nam hij zijn oude, blinde hond mee naartoe. Ze waren een soort compagnons, die hun beider gebreken eerlijk verdeelden en zich ermee door wind en regen sloegen. Zij waren het mikpunt van veel buurtroddel; er was een levendige, aan goklust grenzende nieuwsgierigheid in het dorp naar de vraag wie van de twee het eerst het loodje zou leggen.

Vader evenwel, in zijn functie van dominee, achtte het nodig tegen meneer Gotobed te zeggen dat hij zijn hond moest laten afmaken. De oude man werd, in de woorden van de juffrouw van het plaatselijk postkantoor, 'pisnijdig'. Als represaille mocht de hond in kwestie het hek van de pastorie niet meer binnen. Op een zomerse dag had onze tuinman een paar keer geprobeerd hem naar binnen te smokkelen, maar hij was verjaagd en beledigd op een zodanige manier dat hij het mijn vader nooit vergaf. In plaats van hem de andere wang toe te keren, had meneer Gotobed een manier bedacht om zijn gram te halen. Dat deed hij door een levende schildpad – Fred – de tuin in te smokkelen en als huisdier aan mij te geven.

Er waren wat ruige stukjes grond aan het eind van de tuin, waar ooit een wei was geweest; daar woonde Fred, verborgen voor de pastorale pogroms. Ik had het nooit gered zonder meneer Gotobeds stilzwijgende, maar vakkundige hulp. Vier keer per jaar, met de zonnewende en de equinox, zette vader vallen en legde hij aas neer voor eventuele weerspannige onderdanen van het rijk der dieren die zo vermetel waren te denken dat ze een veilige toevlucht hadden gevonden binnen de ijzeren hekken van het pastorieterrein. Vier keer per jaar pakte meneer Gotobed, die meehielp bij die zuiveringsacties, Fred op, verborg hem in zijn zak en zette hem weer terug wanneer het veilig was. Hij beschermde Fred in de perioden dat ik op school zat en leerde hem binnen de grenzen van de wei te blijven, waar het lange gras hem aan het oog onttrok.

Fred woonde bij me tijdens al mijn studentenjaren, overwinterend in een houten kist in de winter en het voorjaar, en 's zomers achter een oude chesterfield op mijn kamer. Hij maakte mijn meest roekeloze affaires mee, en al mijn crisismomenten. Toen ik eenmaal tot rust was gekomen aan de Tanza Road, was hij het levende symbool van mijn verleden geworden. Hij was het goede dat uit het kwade was voortgekomen. Terwijl ik mij al piekerend en denkend en filosoferend een weg door mijn jeugd baande, was Fred kalm en onverstoorbaar gebleven onder zijn steeds dikker wordende schild. Als ik weer eens symbolen verzamelde, was die schildpad een verzamelplaats van mogelijke betekenissen. Ik dacht vaak aan jouw verhaal over Aeschylus, die de dood had gevonden doordat een adelaar een schildpad op zijn hoofd had laten vallen. Ik had het idee dat ik, als ik maar lang genoeg zocht, in die woorden een verborgen betekenis zou kunnen ontdekken. Ik was dan de zoeker, de dichter en denker, jij was de adelaar en Fred uiteraard de schildpad.

Ik weet dat je je het niet meer herinnert, maar ik

had echt het gevoel dat je hem op mijn hoofd had laten vallen in Larenguebec. Ik wist helemaal niet dat je Fred had meegenomen toen je daarheen ging. Hij was per slot van rekening mijn schildpad. We hadden nooit ergens bezitterig over gedaan, maar Fred was Fred. Lang voor ik naar Larenguebec ging, was mevrouw King al geobsedeerd door de verdwenen schildpad; het leek toen werkelijk of hij in de onnatuurlijke hitte van die zomer was weggelopen en misschien later wel weer terug zou komen lopen. Toen ik ontdekte dat je hem had meegenomen in de kinderwagen en hem daar was vergeten, was het gewoon te veel voor me. Toen ik terug was en mevrouw King er maar over doorging, terwijl ik andere verliezen te betreuren had, was dat meer dan ik verdragen kon.

Later heb ik me schuldig gevoeld omdat ik wat er van hem restte heb achtergelaten waar ik het vond, in het vak in Amadeo's kinderwagen. Maar als ik er nu op terugkijk, was ik de hele nacht bezig geweest met begraven en rampen afwenden; toen ik hem daar vond, was het als een condoleantiebriefje met 'P.S. Je kat is dood' eronder. De kat was overigens springlevend, en een van de weinige wezens die zelfs beter is geworden van de hele episode. In Londen was het me onmogelijk normaal te blijven denken nu ik dagelijks door mevrouw King werd opgejaagd. Als ze me maar eens zou vragen naar de kat of de tweeling, dacht ik steeds, dan kon ik tenminste naar waarheid zeggen dat het uitstekend ging.

Ik wilde weten wat jou en mij zo anders maakte dan andere mensen, dat we zo door rampen werden bezocht. Ik wilde weten waarom wat bij anderen normaal was, bij ons over het scherp van de snede was gegaan en macaber was geworden. Was het omdat je een ster was? Ik wist het niet. Je zei altijd dat iedereen een ster in zich had, dat het erom ging die te laten zien. Misschien kwam het doordat we zo verliefd waren, misschien was dat niet natuurlijk; jij wees altijd naar toevallige stelletjes bij bushaltes of op straat of op een bankje in het park en zei dan dat zij waarschijnlijk net zo verliefd waren als wij. In sommige dingen zit iets universeels, zei jij, maar ik lag 's nachts klaarwakker te denken: 'Waarom ik?' Waarom moest ik een kind hebben dat begraven lag in een ongemerkt graf? Waarom was juist ons leven uitgezocht voor dit verdriet? Waarom moest ik zo in het verborgene leven?

Jij had een kalmte in je, Rosalind, die ik niet begrijpen kon. Ik zag alleen mijn eigen hachelijke situatie, die van degene die het wist, en ik begon bang te worden van mijn eigen schaduw. Wist ik het maar niet, dacht ik, dan zou ik gelukkig kunnen zijn. Wist ik maar niet van die weer dichtgegooide kuil in het zand en van Fred die, verlaten in zijn kinderwagen, lag te stinken als een vloek, dan zou ik me kunnen ontspannen en mijn leven gaan leven.

Toen we eindelijk vertrokken uit de Tanza Road en hier in Sestri Levante terugkwamen, was ik bijna gek geworden van het piekeren. Het was twee jaar na je reis naar Frankrijk. Zeven schoolvakanties scheidden ons van je ziekte en Amadeo's dood, maar voor mij leek het of het gisteren was gebeurd. Toen we weggingen werkte mevrouw King allang niet meer voor ons, maar ik bleef mezelf kwellen met fantasieën over wat er zou gebeuren als zij en Candy hun verschillende verhalen zouden vertellen. Wanneer de meisjes thuiskwamen van school, voelde ik elke keer dat ze hun mond opendeden tegen jou of tegen vreemden mijn adrenaline op hol slaan. Ze hadden nooit meer over Amadeo gesproken behalve tegen mij, en ook dat alleen om me te vertellen dat jij van streek zou raken als zijn naam werd uitgesproken. Het was of ze jouw talent voor vergeten hadden geërfd. Daarna gaf jij het voorbeeld en zij volgden je. Jij ontruimde zijn kamertje en zij keken er nooit meer naar.

Iedereen had met zijn verdriet leren leven, behalve ik, en het mijne verslond al mijn tijd. Maar toen we eenmaal verhuisd waren en het huis aan de Tanza Road hadden verkocht, leek het of er niets meer was dat me van mijn stuk kon brengen. Ik hoefde me zelfs niet te bemoeien met de verkoop, want dat gebeurde bij volmacht via een makelaar. We hoefden niets anders te doen dan wat papieren te tekenen op een advocatenkantoor in Sestri en vervolgens de documenten met de trein naar Londen te sturen. Die verkoop verliep even moeiteloos als de gelegenheid waarbij we het huis tien jaar eerder hadden gekocht.

Een tijdlang leek het of mijn langdurige autopsie van de gebeurtenissen in Larenguebec en de mogelijke gevolgen daarvan geheel zou worden verdrongen door de zoveel aardser zorg voor het vinden van een plekje om te wonen. Mij leek het heel belangrijk dat we in Sestri Levante zelf zouden zitten. Omdat ik eigen baas was en redelijk goed boerde en jij weliswaar sinds lang met acteren was opgehouden maar elk moment weer kon beginnen, waren we betrekkelijk vrij om te gaan wonen waar we wilden. Nu de tweeling op school zat in Zwitserland, met een speciale voorziening die ervoor zorgde dat het loyale en efficiënte personeel van miss Juniper de meisjes naar het vliegtuig bracht en weer afhaalde, konden ze naar ons toekomen waar we ook zaten.

Toen we bespraken waar we heen zouden gaan, zei jij dat ik de plek moest kiezen waar ik me het meest ontspannen zou voelen, en dat jij wel een manier zou vinden om daar gelukkig te zijn. Eerst nam ik je dat innerlijke gemak bijna kwalijk. Ik vond het niet eerlijk dat ik alleen zo moest lijden om iets wat ons beiden was overkomen, en dat voor jou zo mogelijk nog erger was geweest dan voor mij. Toch kwam het mij bij nader inzien voor dat jij iets had ontdekt in Sestri Levante, al die jaren geleden, op onze huwelijksreis. Hoe meer ik nadacht over dat oord, over de twee baaien en de verschijning van Angelo op het water, des te meer verlangde ik naar mijn eigen inwijding in die vreemde kalme wereld waar jij nu in verkeerde, waarin je alles leek te aanvaarden wat er was gebeurd.

Ik koos daarom voor onze terugkeer naar de Italiaanse Rivièra, naar Ligurië, met zijn 'vijf landen' en zijn stranden en het schiereiland van Sestri Levante met zijn twee baaien, zijn twee gezichten zoals ze in het achterland zeggen. De eerste paar weken logeerden we in een hotel op de heuvel die uitkijkt over de Stiltebaai, genesteld beneden de onderste terrassen van de kloostertuin. Jij had jezelf de taak toebedeeld een huis of een flat te vinden om te huren of te kopen en ik ging op zoek naar mijn verlossende engel. Ofschoon jij zei dat bepaalde dingen universeel zijn, worden dromen niet altijd door iedereen gedeeld. Zelfs jij ontdekte dat, toen je de makelaars begon af te sjouwen op zoek naar een plek om te wonen. Sommigen hadden het over huizen met een huur waarvan het aantal nullen zich in het oneindige leek te verliezen, zodat miljoenen lires tot miljarden werden, buiten het bereik zelfs van filmsterren die zich voortijdig hadden teruggetrokken zoals jij. Anderen vertelden je dat er niets beschikbaar was en weer anderen sleepten je langs piepkleine kamertjes zonder ramen, terwijl ze volhielden dat er niets anders te krijgen was en ook nooit zou zijn, 'niet in Sestri'.

Jij hebt altijd met grote rampen kunnen omgaan, je hebt je op de een of andere manier steeds kunnen redden uit beproevingen die ver boven het natuurlijke weerstandsvermogen van de meeste mensen uit gingen. Ik weet dat vrouwen verondersteld worden beter bestand te zijn tegen een crisis dan mannen. Daarom is het vreemd dat echte kleinigheden jouw wereld kunnen vergruizelen. Een onbeleefde opmerking in een winkel of een norse makelaar kunnen je tot tranen brengen. Misschien is dat wel ons bondgenootschap: het dragen van elkaars lasten, ieder naar vermogen. Mijn vermogens liggen op het terrein van de aardse werkjes, terwijl de jouwe in een hogere en ruimere sfeer liggen.

Ik was aan mijn eigen speurtocht begonnen, vooral met het doorbrengen van veel tijd in de verschillende kerken van de stad en het rondhangen bij het spoorwegstation. Ik leerde alle graffiti kennen in de ondergrondse tunnel die de twee helften van de stad aan weerszijden van de spoorlijn verbond. Ik werd ook een deskundige ten aanzien van het interieur van de kerk van Santa Maria di Nazareth. Ik dacht dat er, als ik maar lang genoeg naar de gipsen beelden en de druipende kaarsen en de beschilderde relikwieënkastjes zou kijken, iets over me zou komen dat mijn geest zou verlichten en me verlossen van de herinnering aan Larenguebec. Ik zat elke dag zoveel uren op dezelfde houten bank op dezelfde plaats in die kerk dat de parochiepriester naar me toekwam om met me te praten. Om te beginnen vroeg hij of ik het moeilijk had, vervolgens of ik me wilde bekeren en in de derde plaats of ik van plan was lang te blijven. Ik voelde een vage verleiding om jouw geloof aan te nemen, maar ik wist dat er verschil was tussen jouw geloof en dat van hen. Ik was opgevoed in een kale wereld, wars van ritueel en mystiek, en ik voelde me aangetrokken door de pure rijkdom van het katholicisme.

Er zat echter ook iets in mij dat mijn vaders handen in verband bracht met de handen van deze pastoor. Ze verbonden zich in een gemeenschappelijke enghartigheid die ik wilde ontvluchten. Ondanks alle vriendelijkheid leek het dezelfde enghartigheid die ketters op de brandstapel had gebracht. Ik zei tegen mezelf dat ik toch vooral hield van het gebouw, de muziek, de kaarsen en de lampen, en dat ik daar dus maar het beste van kon genieten als een toerist. Ik voelde me kwetsbaar. Jij zei, geloof ik, dat het Voltaire was die op zijn sterfbed werd gevraagd de duivel af te zweren, en die antwoordde dat het hem in zijn huidige, verzwakte toestand niet verstandig leek zich zo'n nieuwe, machtige vijand te maken. Ik denk dat ik me zo ook een beetje voelde.

Toen kwam jij; je vond me terwijl ik naar het plafond zat te staren met slechts een stijve nek voor mijn moeite en je smeekte me je te helpen met het vinden van een huis. Ik had die last nog niet van je afgenomen, Rosalind, of je vond er zelf een. Zo gaat het vaak, heb ik gemerkt. Ik nam de verantwoordelijkheid op me om met iedereen te praten, terwijl jij in koffiebars op me zat te wachten. Zo ging ik, na een paar dagen op huizenjacht, waarbij ik niets had gevonden zonder me daar erg ongerust over te maken, naar jou toe in een koffiebar met uitzicht op zee. Je zat op het terras in de maartse wind met een koud geworden cappuccino voor je met een vrouw te praten in het Italiaans. Je stelde ons aan elkaar voor en ik dacht er niet meer aan tot je, nadat ik twee weken grondig had rondgespeurd, plotseling voor de dag kwam met deze magnifieke flat die jullie samen hadden ontdekt – een hele verdieping in een palazzo, gepleisterd met schilferige fresco's en met een direct uitzicht op de Stiltebaai.

Tussen het selecteren van de werklui en het assisteren van jou bij het schikken en repareren van het meubilair dat bij het vervoer uit Londen beschadigd was, bracht ik nog veel tijd door op het station. Ik zocht de diensten uit van alle beambten daar en leerde de mensen van de kaartverkoop en de douane beter kennen dan al onze buren. Elke keer als ik de achterkant van een grijs uniform zag, wachtte ik met een soort opgeschorte verwachting op het gezicht dat zich naar mij zou draaien, op de grijze ogen van Angelo, de grijze ogen van Amadeo, die me zouden aankijken en mij uitleggen waar het mis was gegaan. Als ik daar niet was of in een kerk, stond of zat ik uren naar de zee te staren, in een wanhopige poging om te zien wat jij kunt zien als je zo aan het staren bent. Ik zag jou nauwelijks in die tijd. Ik liep door de barst tussen twee werelden en voelde dat mijn hoofd ook op barsten stond.

Als ik je zag, zag ik je kwetsbaarheid en wilde die beschermen, ik zag je kracht en wilde leren die te delen. Daarna zag ik Rosalind Palliser, de actrice, en steeds minder zag ik jou. Ik bracht een hele middag door in de kerk op het pleintje en merkte dat een deel van de dagelijkse bezoekers mijn aanwezigheid storend vond. Ik was hardnekkig aan het proberen me te ontspannen, dus negeerde ik hun blikken en hun toenaderingspogingen. Ik had kalmerende pillen bij me, maar ik heb al te veel pillen geslikt. Ik hou niet meer van het gevoel dat ik ervan krijg. Ik wil iets voelen dat echt is en van mezelf, niets kan me daarvan weerhouden. Ik merkte dat mijn gewrichten en mijn rug pijn deden van het al die tijd gespannen stilzitten en wandelde stijf naar onze flat terug. Er is een voor- en een achteringang. Ik liep naar de ingang aan de voorkant toen ik het mooie licht boven zee opmerkte.

Ik besefte dat ik, ondanks mijn urenlange gestaar, nooit echt notitie heb genomen van het licht op zee. Ik liep door het smalle steegje dat de baai met de stad verbindt en keek naar de schemering die aarzelde boven het water. Het liep tegen zeven uur. Er is altijd een mis om zeven uur en ik was net ervoor de kerk uitgegaan om het gestaar en gefluister van de kerkgangers te vermijden. Ik hoorde achter me de klokken luiden, en deze keer hoorde ik er nu eens geen aanklacht of oproep in. Ze luidden evenmin om jouw herinnering op de proef te stellen, ze leken gewoon maar te luiden, en ze klonken heel natuurlijk in de vallende avond. Ik wandelde langs de vissersboten op het zand en zag je halverwege langs het strand staan. Je was glas aan het rapen en je zag mij niet. Er ligt een overvloed aan groen zeeglas in het zand, in de flat heb je er potten vol van.

Terwijl ik naar je toe liep, begon ik me voor het eerst in twee jaar ontspannen te voelen. Er was iets in me dat zich instinctief wilde terugtrekken en dat me een ogenblik koortsachtig deed nadenken wat me te doen stond. De boten lagen op hun plaats, ze waren niet van mij. Het strand was leeg. De klokken luidden, maar ik was net naar de kerk geweest en hoefde niet weer; jij vroeg niets van mij, niemand deed dat. Ik, William Walsh, de zoon van de dominee, was bezig mezelf te kastijden; ik doodde mijn eigen vlees om te boeten voor iets wat jij niet had gedaan. Toen werd het donkerder, je rechtte je rug en glimlachte naar me.

Al de tijd dat ik had gezocht naar een manier om tot rust te komen, had ik niet beseft dat die manier er steeds was. Ik heb jou nooit ergens de schuld van gegeven, Rosalind, omdat ik wist dat je je best had gedaan. Welnu, dat deed ik ook. Ik denk dat jij dat steeds hebt geweten; zelfs achter je ontkenning van de feiten wist je dat we gewoon twee mensen waren die zich erdoorheen sloegen, dat we deden wat we konden en we niet méér konden doen, en daarom had je nergens spijt van. Die avond raapte ik met jou stukjes gekleurd zeeglas en ik voelde dat ik met elk stukje dat ik verzamelde weer een stukje terugwon van mijn geestelijke gezondheid. We bleven daar tot het allang donker was, we vergaarden wat onze verstrooide voorraad leven leek en ik voelde hoe het ritme en de rust van de zee mij genazen, niet door mijn wil of verlangen, maar omdat we daar samen waren.

Er hing een zeemeeuw in de lucht boven de zee, zwevend op zijn grijze vleugels die op ogen leken. Ik staarde er bijna onbewust naar. Toen ik daar even mee stopte, zag ik dat jij er ook naar keek. We bleven daar tot de avond kil werd. Tenslotte zei ik: 'Er was eens een man die elke morgen een halfuur verloor en er de rest van de dag achteraanholde, zonder het ooit te kunnen inhalen.' Ik bracht mijn schouders in de stand die hoorde bij de Italiaanse kelner die ik vroeger speelde en zei toen: 'Nou, daar ben ik dus mee opgehouden.'

Lisa St Aubin de Terán
samenstelling
Flirten met het leven

Droomreizen van Karen Blixen, Jung Chang, Rosetta Loy, Carolijn Visser en vele anderen.

Rainbow Pocketboek 279

* * *

Lisa St Aubin de Terán
Joanna

Drie generaties vrouwen verwikkeld in een oorlog die bloedverwantschap heet. Van de schrijfster van *De stoptrein naar Milaan.*

Rainbow Pocketboek 268

* * *

Lisa St Aubin de Terán
De stoptrein naar Milaan

Lisaveta reist met haar minnaar en twee vrienden per trein door Europa.

Rainbow Pocketboek 242

* * *